「新装備、その名も『赤猪《あかお》』！」
只のハンマーじゃ距離をとられたら
無力化されてしまう。
そこで、どこまでも追尾する射出型の鉄球を追加した。
遠近両用のケン玉ハンマーだ。
「左利き」だったから異世界に連れて行かれた
2

シスター
下町の寂れた教会を管理するシスター。教会でたくさんの孤児と生活している
「子供達と遊びに来てくれると、ちょっと嬉しいかな」
アルマ=ハツカ=ルジオス
ルジオス王国第二王女。難病を患っていたが、クラフタの治療によって完治した
「クラフタ様、私にも手伝わせてください！」
「これで、メンコのできあがりだ！」
クラフタ=クレイ=マエスタ
左利きという理由で異世界に連れてこられた青年。自作の魔法具や魔法薬で戦うアルケミスト

「君ばっかり面白い事はさせないわ!!」
フィリッカ＝ミンティ＝ルジオス
ルジオス王国第一王女。明るく活発で、よく城を脱走している

迎撃に向かおうとする俺を止め、
アルマは首から提げたペンダントを外す。
それは先日のデートで
アルマに買い与えたプレゼントだった。
持ち主を危険から守ってくれる、
守護のネックレスだ。
「クラフタ様、コレを……持って行ってください」

「左利き」だったから異世界に連れて行かれた 2
十一屋翠

口絵・本文イラスト
ファルまろ

装丁
木村デザイン・ラボ

contents

プロローグ 「降ってわいた婚約」

ラーメン屋から異世界に連れて来られた俺は、仲間に裏切られて半アンデッドというチートな存在になってしまった。

……まぁ、なってしまったモノはしょうがない。受け入れようじゃないか。

ゲーム序盤で二周目以降に手に入るレベルのチート能力をゲットしたと思えばお得なもんだ。

そんなこんなで俺は、助けてくれた古代アンデッド達の弟子になって一流のバトル系アルケミストを目指す事になった。

俺を裏切ったカインと再び相見《まみ》えた時に、次こそ奴を倒す為に。

修行の一環としてドラゴン退治をする事になった俺だったが、何故か成り行きで異世界のお姫様を助けることになった、というか助けた。

それがほんの二ヶ月の間の出来事である。

◆

で、話はそのお姫様を助けた直後に遡《さかのぼ》る。

魔力欠乏症に苦しむ第二王女アルマ。彼女に空中研究所エウラチカで手にいれた試作治療薬を飲ませ発作を抑えた直後に、その人物は現れた。

「余がルジオス国王、バラムス＝メンテ＝ルジオスである‼」

何故か自己紹介をしながら部屋に入って来たのは、この国の王様？　……だった。

「お主がアルマの病気を治した少年か、大儀である‼」

こちらの事などお構いなしに話を始める王様。まだ治していませんが。

「え？　あ、お、お褒め頂き恐縮にございます国王……陛下？　俺……いえ私はクラフタ＝クレイ＝マエスタと申します」

唐突に現れた王様に対し上手《うま》い対応が見付からず、俺は辛うじて名乗り返すのが精一杯だった。

つーか、なんでこんなタイミングで王様が現れるんだよ？　確か謁見に二週間はかかる筈《はず》だろ。

「うむ、ラヴィリアから聞いたぞ。フィリッカの連れてきた少年がアルマの病気を治したとな」

すると王様の言葉に続くように、後ろから白衣のおっさんが現れる。

「少年！　一体どうやってアルマ様の病気を治したのだ⁉」

「え、いやそれは特製のマジックポーションを使ったんですけど。っていうか飲ませたのは発作を抑える薬であって、本格的な治療はこれからです」

おっさんの勢いに押されて答えるも、それは相手を更にヒートアップさせる結果となった。

「特製だと⁉　アルマ様に投薬していたマジックポーションはわが国で手に入る最高級の物だ。だがそれでもアルマ様の症状には焼け石に水だったのだぞ‼　一体どんな調合をしたのだ⁉」

白衣のおっさんが俺を質問攻めにする。恐らく、このおっさんがアルマの御用医師なのだろう。

「落ち着けバクスター、まずはアルマの診察が先であろう？」

王様がおっさんをたしなめる。どうやらアルマが本当に治ったのか調べたいらしい。

「おっと、そうでしたな。アルマ様、お具合を調べさせて頂きますぞ」

「わかりましたバクスター」

バクスターと呼ばれたおっさんがテキパキと医療道具を広げアルマの診察を始める。

「済まぬな、アレは薬馬鹿での。薬の事になると我を忘れるのだ」

「あ、い、いえ、お気になさらず」

王様は割と常識人のようだ。

「クラフタと言ったな。お主にはまことにアルマの病を治す手だてがあるのか？」

診察を始めたバクスターさんをしり目に、王様が俺に問いを投げかける。

「はい、古代の魔法使いが残した研究と師に教わった秘術によって、アルマ姫様の治療を行います
……とはいえ、魔力欠乏症の治療は初めてですので、慎重に経過を見る必要がありますが」

「ほう、古代の魔法使いの研究とな？　お主の師とは冒険者なのか？」

古代の魔法使いと聞いて、王様は古代遺跡で研究成果を発掘したと考えたようだ。

まぁ、間違ってはいない。もっともその遺跡は現在も稼動する生きた遺跡だったが。

「済みません、師の過去については私も存じておりません」

「では名は何と申す？」

「その、ずっと師匠と呼んでいたので名前は……」

かなり苦しい言い訳だが、師匠達は過去、この国で大きな発言力を持っていた存在だ。その名前から師匠達の存在に行き着く可能性は十分にある。だから言わないに越した事は無い。

だが王様は良い意味《い》で勘違いしてくれた。

「面倒を避けてあえて弟子には教えなんだか？　となると世捨て人のエルガーかダンバ辺りか？」

エルガーとかダンバとかいう人は知りませんが、おおむね当たりです王様。

「クラフタよ、お主の師匠とやらはどこにいるのだ？」

「どこ……ですか？」

「うむ、アルマの病は未《いま》だかつて誰も治療することの出来なかった不治の病だ。ソレを治療したお主の師であれば、さぞや優秀な人間なのであろう？　余としても是非会って礼がしたい。なにしろお主の師がいたお陰で、我が娘を救うことのできる優秀な医者が生まれたのだからな」

これはもしかして、礼を言うついでに師匠達にコネを作りたいって遠まわしに言っているのかな。

とはいえ師匠達はアンデッドだし、この国の過去の王様がやらかした事を考えると、出会ったばかりの人間、それも原因となった王族に師匠達を紹介するのは得策ではない。とすれば……

「陛下、大変申し訳ないのですが、私の師匠は既に亡くなっております」

「……左様であったか、辛《つら》い事を聞いてすまなんだな」

「いえ、陛下にお褒め頂き、師匠も草葉の陰で喜んでいることと思います」

「では、お主はどこかの国家に所属してはおらぬのか？」

「はい、師匠の遺言に従い己《おの》が技術を高める為の修行の最中ですので、特定の国家には仕えておりません」

「そうか、ではお主はフリーなのだな」

そう言うと、陛下は顎《あご》に手を当てなにやら思案にふける。

暫《しばら》くしてバクスターさんが診察を終えたらしく俺達の下にやってくる。

「陛下、信じがたい事ですがアルマ様の健康状態はこれまでにないほど安定しております。治療は真実とみてよろしいかと」

「そうか……」

それを聞いた王様は暫くの間目を瞑《つぶ》っていたが、やがてゆっくりと目を開きこう言った。

「うむ！　クラフタよ、お主をアルマの専属医師であるバクスターの助手に任命する！」

「……へ？　あ、いや、ソレはいったいどういう事ですか？」

出会ったばかりの俺を助手に？　そりゃあちょっと無用心でないかい？

「おかしくはあるまい、お主はそれだけの実力を持っておる。それにお主がおらねば、再びアルマに発作が起きた時に治療できる者がおらん」

まぁ確かに、俺の持ってきた薬は誰にも作れないと断言出来る。少なくとも現時点では。そう考えれば王様が俺を傍に置いておきたくなるのも理解できるか。

「それにお主は許可無く王族の治療を行ったからの。正式に雇い入れなければ不敬罪でお主の命が危ないでの」

「え？　……あっ！」

成功したから良かったものの、下手したら俺は姫に毒を飲ませた罪人として捕まっていたかも知れない訳か。

「であるからして、バクスターの助手にすれば立場的に角も立たんし、アルマを治療した事も前後が逆になるが、まぁそれはどうとでもなる。ついでに言えば、バクスターに学べばお主の師匠の遺言も果たせるわけだ」

よくもまぁポンポン理由を考え付くもんだ。むしろこれだけ頭が回るから王様なんて出来るのだろうか？　とはいえここは素直に受けておいたほうが良さそうだ。

とりあえずアルマの完治が確認出来るまでは助手としてスポンサー様の下で働くとするか。

ずっと廃城の中で修行漬けだったから、この世界の事はあんまり知らんし、情報収集とコネ作りを兼ねてやっかいになろう。

「承知いたしました。そのお役目拝命いたします、国王陛下」

「うむ、娘を頼むぞ」

かくして俺はアルマ姫専属医師助手となった。

◆

と、それが一ヶ月前の話だ。

その後、アルマの経過観察は順調に進んだ。

姉妹であるフィリッカや、アルマと同じ年頃の侍女達を診察して得た健康な娘の平均データと照らし合わせてアルマの健康状態を観察していく。

ちなみにデータを取らせてもらった侍女達は皆貴族の子女で、それが原因で診察の際に色々問題が発生するのではないかと心配された。

だが呼ばれた侍女達は医療を担当する大臣の部下や、その部下の部下などであったりと、皆今回の件には逆らう事など到底できなかった。また、家計の苦しい貴族の娘も、協力した際に支払われる謝礼に目が眩《くら》んで受けざるを得なかった。下級貴族の財政状況は厳しい様である。

こうして手に入れた健康な娘達のデータを基にアルマを診察し、娘達の平均的な健康状態に近い数値が数週間続いた事でアルマの治療が完了した旨を陛下に告げるのだった。

◆

こうして、クラフタ君は余命いくばくも無いお姫様を助けた功績を認められ、お姫様といつまでも幸せに暮らしました。

なんて夢想したこともありました。ええありましたとも。

「むぅ、このような方法があったとは、我ながら未熟‼」

だが残念なことに、現実の俺の前に居るのはムサイおっさんだった。

「それで少年、この部分なのだが」

「……そこはですね」

このおっさんは、第二王女アルマ姫の専属医師バクスター＝フェルナンデス。

この人のおじいさんがかなりの名医で、重い病に罹《かか》った当時の国王を治したことで男爵の爵位を賜ったらしい。それ以来、王家の御用医師なのだとか。

そして今は俺の上司でもある。

実際バクスターさんの医療技術は確かで、この人の治療風景を間近で見学させてもらったのだが、積み重ねた経験則から来る医術勘と流れるような手際の良さには本当に驚かされた。

知識が先行している俺に対し彼は既存の技術と経験で現代の難病に挑んでいたのだ。

実際の所、彼が居なければアルマは既に死んでいたかもしれない。

アルマを治療した褒美を貰《もら》うまでこの国を離れられない俺は、それまでの間彼の助手として働き、少しでも多くの実地経験を積む事を選んだ。

けど暑っ苦しいんだよなぁ。

「うーむ、やはり少年の師匠の遺した技術はすばらしいな‼」

「恐縮です」

余談ではあるが、今回の件のもろもろ問題になる行為は全てフィリッカの我儘《わがまま》が原因という事になり、俺への処罰の代わりにフィリッカがお説教を受けることで帳消しとなった。

どちらかと言えば、勝手に城を抜け出した事に対するお仕置きなんだろうな。

ありがとうフィリッカ君、君のお陰で俺の首は繋《つな》がったよ。

「やはり見せてはもらえんか？」

「申し訳ありませんが、それは許されておりません」

「残念だ」

コレまでにも数回あった会話を繰り返す。

と言うのも、先日ミヤに製本してもらった浮島の研究所の資料を読んでいるところを見つかったのが原因だったりする。

「少年、何を読んでいるのだね？」

「ああ、ええと、師匠の遺してくれた錬金の研究について書かれた手記を読んでいたんです」

「なんと！　少年の師匠のかね‼」

「はい」

「少年、その本を是非とも見せてほしいのだが」

さて困った。この本に書かれている内容はおよそ外部に出すべきではないものが多い。おいそれと公表した場合、世間にどれだけ混乱を招くか分からないからだ。

何しろ古代魔法文明の技術は、現在の魔法技術をはるかに上回る。たいした事の無い用途の技術でも、数百年は先の技術が紛れ込んでいる事もザラである。悪用されないためにも俺が内容を確認しないとうかつに話せない。

「申し訳ありません。師匠の遺してくださった技術と知識は、己の血肉とするまで誰にも見せるなと言われております」

さすがにそこまで言えば大丈夫だろうと思ったのだが、見通しが甘かった。

「では、少年が学んだ内容をワシが学ぶ分には問題無いという事だな」

「何ですと⁉」

というやり取りがあって、頻繁にバクスターさんは俺の所にやってきては、医学知識の交換をしている。まぁこっちにも知識や技術を教えてもらえるから、マイナスではないんだけどね。

「失礼、そろそろアルマ様の診察の時間です」

「おお、もうそんな時間か」

魔力欠乏症の治療は過去に例が無い。

この国を離れるまでは、ギリギリまでアルマの健康状態をチェックしておいた方が良いだろう。

俺はバクスターさんとの勉強会を切り上げ、アルマの診察に向かった。

◆

「はい、今日の診察は終わりです」

「ありがとうございますクラフタ様」

「体調も安定しているみたいだね」

「はい！　近頃は本当に体が軽く感じるんです」

この世界に生きる全ての生命体は、生きるために魔力を生成し消費する。その魔力をまともに体内に取り込めなかったアルマは、いわば息を止めて走っているに等しい状態だった。

俺の治療によってそれが改善された今では普通の人と同じように呼吸をして酸素を補給しながら走っている状態だ。

今のところ問題も無いようだし、そろそろ運動をさせてみようかな。

「そろそろ中庭の散歩などしても良いかな」

「本当ですか!!」

「ああ、余りはしゃがなければね」

本当に嬉《うれ》しそうな顔をするアルマ。いままでずっと寝たきりだった彼女は只《ただ》の散歩でもピクニックに等しい気分なのだろう。

「楽しそうだなアルマよ」

「お父様！」

二人で軽く談笑していると、唐突に国王陛下がやって来た。

この王様、日に二回はやって来るんだよなぁ。

「お父様！　クラフタ様が散歩をしても良いといってくださいました‼」

「ほう、それは素晴らしいな」

陛下がこっちを見る。説明をしろということだろう。

「診察を続けましたが、アルマ様の健康状態は非常に良好です。ですので、次は軽い運動をすることで肉体のリハビリを行って頂きます」

「ふむ、アルマは長くベッドに寝たきりであったからな。だが急に動いて大丈夫なのか？」

「時間を制限し、中庭で散歩をするくらいでしたら問題はありません」

「そうか、うむ。確かに適度な運動は必要だとバクスターも言っておったな」

陛下が納得したように何度もうなずく。

「ときにクラフタよ。お主、ドラゴンを倒したそうだな。フィリッカが大興奮しながらお主がドラゴンを退治する様を余に教えてくれたわ」

「はい、と言っても小柄な若竜でしたが」

「それでもドラゴンには違いあるまい。でだ、そのドラゴンを倒したお主には褒美を与えねばならんな。さてどのような褒美が良いか」

なんだか王様が妙なことを言っている。

「陛下？　ただドラゴンを倒しても、国から褒賞を頂けるようなことは無いと思うのですが」

町や国に甚大な被害を与えたとかならともかく、まだ明確な被害を及ぼしていないドラゴンを倒したところで、国としては被害が出る前に退治してくれてラッキーといった程度だ。

「あるぞ、お主が褒美を受け取る理由が」

「ええっ？」

「民の心を不安に陥れたドラゴンを倒し、我が娘第一王女フィリッカの命を救った。更には希少なドラゴンドロップまで手に入れてだ。そして此度《こたび》は不治の病に苦しむ第二王女アルマの病を治療するという快挙を成し遂げた」

「王女二人の命を救い、更にドラゴンを倒したとなれば、褒美を出さないわけにはいきませんな」

「その通りであるバクスター」

いつの間にかバクスターさんまで陛下に追従しとる。

ああなるほど、これは「そういう筋書き」がもう決まっているのか。あの使えないドラゴンドロップはそのための舞台装置として必要だという事か。

「と言うわけでクラフタよ。冬が来る前に、お主に褒美を与える式典を執り行う」

「式典ですか」

「うむ、衣装はこちらで用意させよう。ドラゴンドロップを忘れずに持ってくるのだぞ」

「は、はい」

「先に教えておくが、お前に与える褒美は、契約貨幣である白金貨五枚と男爵の地位である」

「ありがとうございま……男爵？」

「はっはっはっ、それはすごいな。白金貨を五枚に貴族の地位か。その歳で前代未聞の大出世だな少年！」

あらかじめ知っていたであろうバクスターさんがわざとらしく褒め称《たた》える。

白金貨五枚って確か日本円で五千万円じゃないか‼　とんでもない大金だぞ。

俺のやった事って、地球で考えると、死亡率一〇〇％の不治の病の治療法を確立させただけ……

あれ？　そう考えると貰ってもいいような気がしてきた。地球ならノーベル賞モノだよな。

「おめでとうございます、クラフタ様」

「ええと……ありがとう」

「今回の褒美は魔力欠忘症の発作を抑える薬の開発とドラゴン退治の分だ。後日アルマの病が完治した証明が取れたら、改めてその件でも褒美を出すので期待するが良かろう」

なんだろう、めでたい事の筈《はず》なのに何か物凄《ものすご》い勢いで逃げ道を塞《ふさ》がれている気がするんですが。

◆

それからまもなくして、アルマを治療した功績を認められた俺は貴族になる為の叙爵式を行うこととなった。

「クラフタ＝クレイ＝マエスタ、汝《なんじ》に男爵の爵位を授ける」

「この力、この命、陛下の為に」

「うむ」

こうして粛々と滞りなく叙爵式は進行していった。

頑張ったよ本当。叙爵が決まってから毎日授爵の為の訓練をしていたんだから。

正直、ドラゴン退治やアルマの治療よりも面倒でした。

成り行きで貴族になっちまったけど、領地を貰える訳でも無い名ばかりの貴族らしい。

まぁ、地球でも領地をもたない貴族っていうのは結構いたみたいだけどさ。

この辺り俺をこの国に縛り付けたいけどやりすぎて逃げられない為に、周囲の国に対して『ツバ付けたからコレは俺のな』と牽制《けんせい》している状態だろうか。

確かにこの国が居心地良ければ俺としても長期滞在するだろうし陛下達にとってもメリットになるのだろう。主にバクスターさん達医師連中にとって。


「やーやっぱクラフタ君は貴族になっちゃったねー」

叙爵式が終わって早々、俺の前にフィリッカが現れる。

今日のフィリッカは見慣れたキュロット姿ではなく、いかにもお姫様然としたドレスを着ていた。

「フィリッカ!　……様」

「良《い》いわよ、いつも通りで。それよりも、女の子に対して言う事は無いの？」

そう言って俺の前でくるりと回るフィリッカ。ドレスの裾《すそ》が満開の華の様に広がる。似合っていない訳ではない、寧《むし》ろいつもとは違う姿がとても新鮮で綺麗《きれい》だと思った。だがそれを認めるのはなんとなく癪《しゃく》なので、黙っている事にした。

「……いつぞやの発言はこの事だったのか」

「……まぁいいわ、その顔で答えは聞いた様な物だから。そしてその質問に対してはイエスよ」

ニヤニヤとした笑顔で肯定してくるフィリッカ。

「ハッハッハッ一体どんな顔なんですかねー」

やはり、以前の飛翔機《ひしょうき》の上での呟《つぶや》きはこの事を見越しての発言だったわけだ。

「大体ね、ドラゴンを倒して王族の命を救ったのよ。お父様じゃないけど、そこまでやったら注目されない筈無いでしょ」

半分はお前が原因だけどな。

「その通りだマエスタ男爵。貴公の働きは賞賛されてしかるべき偉業だ」

フィリッカの言葉に追従するように言葉が続けられる。

その声に振り向くと、そこには大勢の貴族達が俺を囲むように見ていた。

「え？　ええと……」

「不治の病と呼ばれた病を治すとは、一体どのような名医に教えを受けたのですか？」

「あの空を飛ぶ魔法具。アレはどこで手に入れられたので？」

「マエスタ男爵は薬学に詳しいと伺いました。是非王立施療院に見学に来てください！」

「いやいや、その前に魔法具研究所に来て頂きたい！」

なんだか部活の勧誘合戦みたいになってきたぞ。

「ははは、マエスタ男爵殿はモテモテですな」

その声が聞こえると同時に貴族達の声が静まり、波が引くように道が開かれる。

モーセの十戒のような光景の向こうから現れたのは三人の男達だった。

三人とも見た目からして上等な衣装なので、おそらくは結構な大貴族なのだろう。貴族達が道を譲ったのはそういう理由か。

一番髭《ひげ》が整った五〇代ほどの白髪交じりの黒髪の貴族が前に出る。すげぇ、カイゼル髭だ。

「初めましてマエスタ男爵、私はゴルド＝トライア。爵位は伯爵で東のトライア領を治めている。今は少々ごたついているが東部は良い土地だぞ、機会があったら是非遊びに来てくれ」

続いて四〇代くらいの恰幅《かっぷく》の良い緑髪の紳士がトライア伯爵の横に出る。

「僕はブランム＝エイ＝マール。爵位は子爵、同じく東部のマール領を治めているんだ。僕のマール領は食べ物が美味《おい》しいから是非おいでよ」

名前の通り丸い人だ、髭も丸く弧を描いている。最後に一番ガタイの良いピンク髪の貴族が名乗り出る。この人は口の両端に細い髭を伸ばしている。いわゆるどじょう髭と言う奴だ。

「俺はグリーア＝スクエアだ。爵位は男爵だが俺は領地を持たず王城で軍人をしている。ドラゴンを退治した貴公なら即仕官候補となれるだろう、戦いたくなったらいつでも来てくれ」

マッチョピンクの髭の人が勧誘してきた、嫌な絵面だ。

「スクエア男爵、勧誘はまたの機会にしたまえ。今日はマエスタ男爵の叙爵を祝う日だぞ」

「グリーアはせっかち過ぎるんだよ」

「む、そうだな。スマン、マエスタ男爵」

マール子爵のスクエア男爵に対する砕けた態度から察するに二人は仲がいいのだろう。

「クラフタ＝クレイ＝マエスタです。僕なら気にしていませんからお気になさらないで下さい」

「そう言って貰《もら》えるとありがたい」

「マエスタ男爵が大らかで良かったね」

「マエスタ男爵もお前に言われたくないと思うぞ」

律儀に謝罪してくれるスクエア男爵の後ろで、マール子爵が茶々を入れてじゃれあっている。

「彼等は幼馴染《おさななじみ》なのだよ」

「なるほど」

トライア伯爵が二人は王都で過ごす為の屋敷が隣同士でその縁で仲が良いのだと教えてくれた。

「トライア伯爵も御二人とは仲がよろしいみたいですが」

「私達の親同士の仲が良くてね、親が親睦《しんぼく》を深めている間は良く彼等の相手をさせられたものだよ」

「それは何とも」

なるほど、子供の相手を押し付けられてそのままつるむ様になったのか。

「それで僕達は腐れ縁の仲良し三人組になったのさ」

道化めいた身振りを加えてマール子爵が付け加えると、スクエア男爵も笑いながら会話に加わる。

「それ、腐れ縁だけでいいだろう」

「まぁ、顔見知り同士で違う派閥にならずに済んだのは幸いだったな、隣同士で違う派閥だったら目も当てられん」

そうトライア伯爵が呟《つぶや》くとマール子爵達も頷《うなず》く。

「派閥ですか？」

「そ、人間が三人居れば派閥は出来るからね」

俺の質問にマール子爵が答えを返してくる。

「うむ、我等は湖の派閥と呼ばれている」

トライア伯爵を始めとした十数名の貴族達が同時に頷く。

「そして私達が渓谷の派閥です」

今度は随分と若い声が後ろから聞こえてきた。

クリア直前の格ゲーの乱入者よろしく厄介事の予感しかしないなぁ。

振り向いた俺の前には、いわゆるテンプレエルフが居た。

金髪に長い耳の美形という、それはもう見事なまでにお約束なエルフだ。テンプレすぎていっそ新鮮な気分です。

というか人間以外の貴族も居るんだな。

そしてその後ろに居る人達もまた違う種族だった。テンプレエルフの後ろにはかなり背が低いドワーフらしきおっさんと、緑の髪に褐色の肌の女の人がいた。ただしその女性は樹皮で出来たドレスという変わった格好だったが。

「私はボレアース＝オクタン、爵位は伯爵。見ての通りのエルフだ。君の叙爵を心から祝おう」

テンプレエルフことオクタン伯爵が自己紹介をすると、後ろの二人も会釈をしてくる。

「彼はチタン＝ヘキサグ子爵、見ての通りドワーフだ」

「よろしく頼む」

「少々口数が少ないが気を悪くしないでくれ」

「で、私がリリー＝ペンターグよー。爵位は子爵、見て分かると思うけどドリアードよ」

褐色肌のお姉さんが自己紹介してくれるがどう見ても分かりませんマジで。

「クラフタ＝クレイ＝マエスタです、こちらこそよろしくお願いします。……ところで、今ペンターグ子爵は御自分をドリアードと仰《おつしや》いましたか？」

「そうよー」

「ドリアードという種族は自身の宿った木から離れられないと聞きましたが」

セントラルの町で読んだ本、この異世界アルケルティアに住む種族の事が書かれた本にドリアードの事が載っていた。

ドリアードにとって自分の宿る木は家であり服であり、そして自分自身といえる存在らしく、彼女達は自身の宿る木から離れられないと本には書いてあった。

「女には秘密がいっっっぱいあるのよ」

堂々とはぐらかされてしまった。何か裏技があるってことか。しかし、このメンツ……

「察するに渓谷の派閥というのは人間以外の種族が中核になっているとお見受けしますが」

「その通りだ。だが誤解が無いように言っておくと我々は種族主義などでは断じて無い、我々の派閥にも人間はいる」

オクタン伯爵が言うと数人の人間の貴族が頷く。どうやら彼等が渓谷の派閥に所属する人間達のようだ。

「マエスタ男爵、誤解の無い様に言っておくが、我々は憎みあっている訳では無い。国の運営に対する思想の違いや優先されるモノの違いによって意見が分かれているだけなのだよ」

意外にも対抗派閥であるトライア伯爵がフォローを入れてきた。どうやらこの世界の政治派閥は、地球の政治家達の様に利権や賄賂《わいろ》にズブズブな足の引っ張り合いをしている訳では無いようだ。

……どこまで信用できるかは分からんが。

「うむ、俺達湖の派閥は戦争容認派」

スクエア男爵が言葉を発すると同様に、

「私達渓谷の派閥は戦争否定派よ」

ペンターグ子爵も答える。

戦争か、キナ臭い言葉が出てきたぞー。

「戦争……ですか……？」

「そう、最近また隣国との関係がキナ臭くなってるんだけど、派閥間で意見が分かれちゃってね」

そこで新入り貴族を自分達の側に勧誘することで意見を通しやすくしたいのか。

先ほどのスクエア男爵の軍の勧誘もそれが関係していたのか。

「戦争とは物騒ですね」

「この国はもう何百年も、お隣のシャトリア王国と小競り合いを続けているのよね」

「原因は何だったんですか？」

「何だっけ？」

「領土問題だ……」

ペンターグ子爵が問いかけるとヘキサグ子爵がボソリと答える。無口キャラかと思ったら面倒見がいいのな。

「領土問題ですか」

領土問題はある意味言った者勝ちだからな、まぁこんな話にまともに付き合うギリも無い。湖の派閥に組したら戦争に参加させられる可能性が高い。そうなったら師匠達の住む廃城に帰る日は更に遠くなるだろう。

「派閥には興味ありませんが強いて選ぶなら渓谷の派閥です」

「理由を聞かせてもらっても良いかな？」

トライア伯爵がこちらの真意を確かめてくる。品定めするような視線だ。

理由は簡単だ。

俺が戦争をしたくないからだ。俺の魔法具製作技術はこの世界の水準を遥《はる》かに上回っている。だから戦争が始まればこの力を利用して、大量かつ効率的に敵兵士を殺戮《さつりく》する道具を作らされるだろう事は想像に難くない。

そんなの冗談ではない。魔物相手の無双ならともかく、大量虐殺の片棒を担ぐなんて御免だ。そんな事をしたら敵国の人間には憎まれるし、戦争が終わったら俺の力を恐れた連中がある事無い事言って俺を排除しようとするだろう。

地球で語られる神話、史実を問わない英雄の悲劇を自分で体験してみたいと欠片《かけら》も思わない。

俺はあくまでお気楽にチート無双を楽しみたいのだ。

「隣国の奴等は力を蓄えている。今は争いを避けられてもいつか戦う事になるぞ。現に表立った武力以外の方法で、わが国に魔の手を伸ばし始めているからな」

スクエア男爵が軍人らしくリスク管理の面から指摘してくる。意外に知性派なのだろうか？

というか武力以外？　スパイとかか？

「そうならない様にわが国を今以上に繁栄させれば、国力の差に怖気《おじけ》づき侵略を先延ばしにするのでは？」

「その通りだマエスタ男爵、国の力が増せば周辺国もうかつな行動に出られなくなる。わざわざ戦争を行う必要も無い」

とはいえ力を付け過ぎると周辺国が同盟を組んで元の木阿弥《もくあみ》だけどな。

「うんうん、さすがはアルマ姫様の婚約者ですな」

オクタン伯爵がご満悦といった顔で頷く。

「それほどでも……って、え？」

なんか今、妙なワードが飛び出しましたよ。

「ええと、今何と？」

「アルマ様の婚約者ですか？」

「なんで俺がアルマ様の婚約者になっているんですか？」

「フフ、それはねークラフタ君。君がアルマを救ったからよ」

横からフィリッカが口を挟んでくる。

そういえばさっきから居たのに勧誘合戦の所為《せい》で忘れてしまっていたな。

「いい？　君は竜退治と王女の治療を行ったことですっごい活躍しているの。それにアルマの病が本当に完治したと証明されれば、君は世界初の魔力欠乏症の治療に成功した人間に認定されるのよ。

はっきり言ってね、周りは君の多彩な才能に興味津々なのよ。しかもアルマは病気の所為で今まで婚約者を決めることが出来なかったの……でも今は違うわ」

「つまり俺を……」

「優秀な人間を身内と結婚させて囲い込もうとするのはよくある話よ。そして丁度都合よく、王族の中に婚約者のいない女の子が居た。しかもその子は命を救ってくれた相手に好意的な感情を持っている。だから周りの大人も二人の恋を陰ながら見守ろうと考えるの。アルマを君の婚約者にして、君を王族の親戚《しんせき》にする。そうすることで君という稀有《けう》な才能を囲い込みたいわけね」

その時、突然会場の空気が騒がしくなる。

「来たみたいね」

戸惑う俺にフィリッカが答える。

「君のお姫様のお出ましよ」

そう、そこに現れたのは豪奢《ごうしゃ》なドレスを着たアルマの姿だった。髪は魔法薬か何かか、誇張抜きでキラキラと輝いており、その肌は健康的なフィリッカとは対照的な白だ。だが決して病的な白ではなく肌にはほんのり赤みが差しており、躍動感に溢《あふ》れた動の美しさを誇るフィリッカに対して、絵画のような静けさに満ちた静の美しさといった所か。まぁ動いたらフィリッカの妹なんだがな。

「おお、アレがアルマ姫様か」

「なんと可憐《かれん》な」

おや？

「どういう事ですか？　なんだか皆さん初めてアルマ姫に会ったみたいな空気ですが？」

「みたいなでは無く実際に会うのは初めてなのだよ」

俺の疑問に答えたのはトライア伯爵だった。

「君も知っての通り、アルマ姫は病で後宮より出る事の敵《かな》わぬ身だった。故にアルマ姫と目通りが叶《かな》うのは王族の方とアルマ姫様付きの侍女、そして特別な許可を得た医師達だけだ」

なるほど、体が弱すぎて家臣達にお披露目をするパーティーに出る事が出来なかったのか。

「皆の者遅くなったな。これが我が娘、ルジオス王国第二王女アルマだ。さぁアルマよ、皆にお前の声を聞かせてやるが良い」

「はい、お父様」

若干緊張した面持ちでアルマが一歩前に出る。

「み、皆さん初めまして、私がアルマ＝ハツカ＝ルジオスです」

たどたどしく挨拶《あいさつ》を始めるアルマ。人前に出るのは初めてなうえに、これだけ多くの視線に注目されれば緊張もしようと言うものだ。

「おお、なんと可愛らしい」

「初々しいですなぁ」

貴族達の意見は好意的だ。どうやら緊張が良い方向に作用した様だ。

「……私は今まで病の身であった為、他の方々の様に政務に努める事が出来ませんでした」

ゆっくりと、だがはっきりと言葉を紡いでいく。

「で、ですがマエスタ男爵様のおかげでこの通り病を克服する事が出来ました」

ここで一転してアルマの表情に力が篭《こも》る。

「若輩者ではありますが、これからは私も王家の一員として恥じぬよう政務に努めるつもりですので、皆様どうぞお引き立ての程よろしくお願いいたします」

魔法拡声器から発されたアルマのスピーチは終始ぎこちなかった。だが寧《むし》ろそれが良かったのだろうか、次の瞬間貴族達から割れんばかりの大きな拍手が巻き起こった。

「いやー、フィリッカ様の妹君と聞いて構えていたのですがなかなかに良い姫ではないですか」

「確かに、病が治ってフィリッカ様のような問……元気なお方が現れるかと心配していたのですが、杞憂《きゆう》だったようですな」

「いや本当に」

今まで何やってきたんだよフィリッカの奴。

俺の叙爵式はそのままアルマのお披露目へとシフトして行く。

「陛下も随分といやらしい手をお使いになられる」

オクタン伯爵が苦笑する。どうやら彼から見たらこのお披露目はなにか別の意図があるらしい。

「男爵の叙爵式に合わせてお姫様のお披露目。普通見栄っ張りの貴族はそんな事しないわ」

ペンターグ子爵が俺にしな垂れかかりながら耳元でささやく。吐息が耳にかかってエロい。

「はーい、そこまで。公の場で爛《ただ》れた事をしなーい」

突然フィリッカが、文字通り身を盾にして割って入る。なんか怒ってます？

「マエスタ男爵の叙爵式で娘を紹介する。明らかに周囲の者への牽制《けんせい》だね」

マール子爵が笑いながら解説をしてくれる。

「牽制ですか？」

「アルマ様は病の件もあって今まで一度も表舞台に立たれた事は無かった。そんなアルマ様が突然表舞台に現れたら、周囲の貴族達が興味を持つのは当然アルマ様の横に並び立つ権利だ」

オクタン伯爵が持って回った説明をする。貴族と言うのはこういう回りくどい物言いを好むモノなのだろうか？

「オクタン伯爵、もったいぶらないでくださる？　要はアルマの婚約者の座は誰のモノかっていう事よ。もう売約済みだけどね……腹立たしい事に」

最後ポツリとフィリッカが呟《つぶや》くもその声は周囲の歓声にかき消されてしまった。

「クラフタ＝クレイ＝マエスタ男爵、前へ」

と、そこで突然俺の名前が呼ばれる。

先ほどの授爵の時よりも多くの視線が俺に集まる。

呼び出しの声に従い前に出ると、そのままアルマの横に並ばされる。

まさかこれでアルマの婚約者だよーとか言外に言われているんだろうか？　いやいくらなんでもそんないい加減な事はないか。

「先ほども申した通り、マエスタ男爵によって不治の病とされた魔力欠乏症は治療された。これはこの世界の歴史にとっても記念すべき出来事である」

そんな大したものっスかねぇ？

「故に！」

陛下が言葉を区切る。

「その栄誉を称《たた》えクラフタ＝クレイ＝マエスタ男爵を我が娘アルマの婚約者とする‼」

周囲にどよめきが走る。

予想通りという表情、どう利用したものかと思案する表情、全く予想していなかったという驚愕《きょうがく》の表情。

かくいう俺もフィリッカ達から聞いていなかったら間抜けな顔をして聞き返していた事だろう。

貴族の位を俺に与えたのも、アルマと結婚させるのが本来の目的だったたって訳か。

当のアルマは頬を染め、モジモジしながら俺に視線を向けている。うん可愛い。

こうして俺の叙爵式、というか貴族ライフは嫉妬《しっと》と羨望《せんぼう》と陰謀に満ちた波乱の幕開けとなったのだった。

そしてそんな俺を見て、フィリッカは楽しそうにこう言った。

「陰謀渦巻く貴族の世界にようこそー、義弟君」

どうしてこうなった。

第一章「教会とシスターと異世界ヤクザ」

フットワークの異常に軽い王様に振り回されつつ、今日も今日とてアルマの診察に勤《いそ》しむ。

というのも褒美の白金貨五枚自体は貰《もら》えたのだが、なんとこの金貨、普通の店では使えなかったのだ!!

元々高額商品を購入する時に使ったり、祝いや溜《た》め込んだ資産をコンパクトに纏《まと》める為のモノらしいので、それなりに大きい町の大きな店でないとお釣りがでないのである。

何という使えないお金。純金製の一〇万円記念硬貨とかそんな感じの品だった。

なので師匠達の下に帰るにしても、王都で金を稼ぐ必要があった。

飛翔《ひしょう》機や空飛ぶ研究所であるエウラチカがあるのに何故って?

それはお土産を買う為である。修行をほっぽって出かけていた以上それなりの土産は必要だ。決して帰った時の特別メニューの修行が怖くて先延ばしにしている訳では……断じて無い!!

「今日の診察はこれでおしまいっと」

「お疲れ様ですクラフタ様」

アルマの診察を終えると侍女のラヴィリアが笑顔でお茶を出してくれる。最初に会った時とはエラい違いである。

アルマの診察をすれば王宮から給料が出るので、初任給を貰うまではここに居るつもりだ。

給料を貰ったら土産を買って師匠達の下に帰れば良い。

といってもアルマの専属医師助手である俺だが、バクスターさんの手伝いが無い時は正直暇だ。

アルマの診察もすぐ終わるし、それ以外の時間は研究所に残された古代魔法文明の研究資料を読みふけるか、色々な薬を作って宝物庫にストックを溜め込む日々だ。なにしろ宝物庫にはランドドラゴンが丸々一体入っている。材料には事欠かない訳だ。

もっとも油断しているとバクスターさんが技術交流をしに襲撃して来たり、貴族達が改めて自分達の派閥に勧誘して来たりという弊害が発生するが、数週間前と比べればまぁ平穏な日々といえる。

「よっし、じゃあ遊びに行きましょうか‼」

勢い良く開けられた扉の向こうから災厄が飛び込んで来た。

そうして、やっと訪れた平和は踏みにじられた。短い平穏だったなぁ。

仕方なくドアの方を見ると、そこには無断で城を抜け出したお仕置きとしてお説教&溜まっていた勉強&政務に忙殺されている筈《はず》のフィリッカ第一王女様がお姫様らしからぬ格好でスタンバッていた。

その格好は活動的なノースリーブにパンツルックであったが、衣服の各所にちりばめられた細工が貴族の服である事をアピールしている。ホントお姫様らしくない格好が似合うよなぁ。

「お仕置きはもう良いのでございますか姫様？　さっさと帰ったほうが身の為でございますよ」

「な、なんて慇懃《いんぎん》無礼を通り越したむしろ超無礼なトーク‼　不敬罪で死罪を申し渡されるレベルよそれ！」

リアクション芸人の様なオーバーアクションで驚くフィリッカ。

「いや実際何の用だよ。お仕置きタイム真っ最中だろお前」

「人間息抜きも必要よ。勉強やお説教ばっかりじゃ息が詰まっちゃうわ」

自業自得なんですけどねー。

「だから城下町に息抜きに行くわよ‼」

どうやら俺が一緒に行くことは既定路線の様だ。というかほっとくと一人でも行きそうで危ない。

「わかったわかった、行くよ行きますよ」

「ふっ、最初からそう言えばよかったのよ」

無駄に勝ち誇るフィリッカ。とりあえずほっぺたを引っ張る。

「ひひゃいー！」

ふう、すっきりした。さわやかに満足しているとアルマがこちらをじっと見つめていた。

「どうかした？」

「え、い、いえ、ただちょっと……いいなぁって」

「ほっぺたを伸ばされるのが？」

「そ、そっちじゃないです‼」

全力で否定するアルマ。となると一体何がいいんだ？

「その……ですね、私もクラフタ様とお出かけしたいなって」

なるほど、そういうことか。確かにアルマは今までずっと寝たきりだった訳だし、体を動かせるようになった今、外に興味を持つのも当然だ。

ふーむ、何か良《い》い手は無いかな？

「そんな妹にお姉ちゃんからプレゼント‼」

突然フィリッカが叫んだかと思うと、どこから出したのか紙袋を取り出してアルマに手渡す。

「これでアルマの悩みも一発解決よ‼　開けてみなさい」

「は、はい」

フィリッカに促されてアルマが袋の中身を取り出す。

「これ、お洋服ですか？」

それは服だった。恐らくはフィリッカの服とデザインを合わせたであろうワンピースだ。

「さ、着替えて着替えて」

「え？　着替えるって何でですか？」

「それはもちろん王都観光をする為よ。二人共初めてでしょ」

なし崩し的にフィリッカに部屋から追い出される。乙女の着替えは神聖なモノという事だ。


結局、俺達はフィリッカ主催の王都観光ツアーに強制参加させられることになった。

だが、城を出て一〇〇ｍも歩かない内にアルマの息が荒くなる。

「はぁ……はぁ」

無理も無い。長年寝たきりだったのだから、只《ただ》の散歩でも重労働だろう。

しかも今日はフィリッカのペースだ。おもちゃ屋のそばに来た子供のようなテンションで動くので、アイツに付き合うと俺でも疲れるんだよ。

「大丈夫か？」

「は……はい、大丈夫……です……」

全然大丈夫そうじゃないな。フィリッカを呼び止めた俺は宝物庫からゴーレムコアを取り出す。

「クリエイトゴーレム」

魔法でデフォルメした騎士型ゴーレムを作り出す。

七〇㎝くらいの騎士の鎧《よろい》を丸く潰《つぶ》した感じのデザインで、頭の上が平べったい椅子状になっている。鎧の尖《とが》った所は丸くしてあるので人にぶつかっても安心だ。

コイツの頭にアルマを座らせる。

「これなら疲れないだろう」

「凄《すご》いです！　ゴーレムってこんなに可愛いんですね‼」

あれ？　喜ぶ所そこ？　うーん、女の子のツボっていうのはよくわからん。

アルマをゴーレムに乗せ、俺達は再び観光ツアーを再開した。

まずはフィリッカ御用達《ごようたし》のオシャレなカフェで一服。

全員別々のケーキを頼んで食べ比べ大会をする事になった。

「コレ美味《おい》しい！」

チーズケーキに舌鼓を打つフィリッカ。

「姉様こっちのフルーツのケーキも美味しいですよ」

「クラフタ君のは？」

「チョコ、ビターな味わいが甘すぎなくて美味《うま》い」

「なんで男の子って甘いものを食べるのに苦いのを選ぶ訳？」

そういうのが良い人も居るんだよ。それにどちらかと言うとこのケーキは、デートで来たけど甘いものが苦手な男性用のような気がする。

「クラフタ君、はい、あーん」

「え？」

何を思ったのか、フィリッカが恋人デートの定番「あーん」を要求してきた。食べるのは俺だ。

「あーん」

「……」

「あーん」

「……あーん」

諦《あきら》めてあーんする。チーズケーキはなかなか美味かった。

「クラフタ様、あ、あーん」

「っ！」

アルマがフィリッカの真似をして「あーん」をしてくる。

「あの……あーん……」

これには「あーん」せざるを得なかった。

そして俺は一日で二人の女の子と間接キッスをする事となった。異世界バンザイ。

その後もアルマとフィリッカはあちこちで行われている大道芸を大喜びで楽しんでいた。

◆

一通り町を見て回ったら、最後は露店のウインドウショッピングで締めらしい。

「ここの露店は旅の行商人が出しているから、掘り出し物のアクセサリが見つかる事が多いのよ」

「綺麗《きれい》なアクセサリがいっぱいです」

露店とはいえ、初めてのお店にアルマは大喜びだ。ふむ、折角だしプレゼントでもしてあげるか。

「折角だから記念に何か買ってあげるよ」

「え？　良いんですか？」

「初めての外出記念にね」

「っ！　ありがとうございます‼」

アルマは大喜びで露店の商品を物色し始める。俗世に疎い箱入りでもこういう所は女の子だな。

大喜びで掘り出し物を探すアルマを微笑ましく眺めていると、フィリッカがやって来る。

「ねえクラフタ君。機会があったら今度は貴方《あなた》がアルマを誘って遊びに連れて行ってあげて」

「フィリッカが誘った方が喜ぶんじゃないのか？」

病弱なアルマにとって姉と外で遊ぶなんて初めての体験だ、これからも誘ってやれば喜ぶだろう。

「今はいいけどこの先は難しいわ。私は第一王位継承者だからこれからはどんどん自由が無くなってくるわ。それに貴方が誘った方があの子は絶対喜ぶわよ」

そうか、フィリッカは第一王女、いずれは国を統べる女王になる存在だ。

そんな彼女が王位を継いだら、お忍びで城下町を遊び歩くなんて無理だろう。だから今のうちに俺達と楽しい思い出を作りたいのかもな。

俺達を引っ張り出して遊びに出たのは、アルマへの愛情だけでは無く今のうちに只の女の子としていっぱい遊びたいという我侭《わがまま》でもあったんだろうな。

「あの子は今まで普通の子が味わえる楽しみを知ることが出来なかった。でも君のお陰であの子は当たり前の楽しみを知ることが出来るようになったの。だからもっともっと楽しいことを教えてあげて欲しいのよ」

なんとなくむずがゆくなって無言になってしまう。

フィリッカも喋《しゃべ》り過ぎたと思ったのか言葉が途切れる。

「アルマを助けてくれて……ありがとう」

「っ！」

不意打ちだった。フィリッカはアルマを完治させた時のように不意打ちで俺にキスをしてきた。

もっとも今回はアルマがそばにいるからなのかあっさりと唇を離してしまったが。

「お前……」

「お父様は君とアルマを結婚させるつもりみたいだけど、私も黙って見ているつもりはないから」

そう言って真っ赤な顔で恥ずかしそうに顔を背けるフィリッカを可愛いと思ってしまった。

うーむ、なんだか負けたようで悔しい。あと決して浮気《うわき》ではない。

「クラフタ様！　これが良いです‼」

ずっとアクセサリを見るのに夢中になっていたアルマが俺に声をかける。

正直助かった、こういうむずがゆい雰囲気は苦手だ。

アルマが選んだアクセサリは赤く光る宝石が付いたネックレスだった。

「光ってるけど魔法がかかってるのか？」

「良く分からないですけど綺麗です」

「そいつは旅のアルケミストから買い取った守護のネックレスだよ。持ち主を危険から守ってくれるんだそうだ」

へぇ、そんな魔法具があるんだ。っていうかこの時代に魔法具を作れるなんて結構な実力者なんじゃないのか？

「すごい人がいるんですね」

すると露店の店主は笑いながら手を振って否定した。

「魔法具を作れるアルケミストなんてそうそういるわけねぇって、これを売りにきたアルケミストも子供だったしな。せいぜい光るだけの玩具《おもちゃ》さ」

ああ、つまり詐欺商品という訳か。

「金欲しさに適当なことを言っただけで、本人も大金で買い取ってもらえるとは思っていなかったろうさ」

高く売りたいアルケミストと安く買いたい商人、だから光らせておけばそれっぽいからバカな奴に売れるだろうという話か。

「どうする？　別のモノにするか？」

「……いえ、これにします」

「いいのかお嬢ちゃん？　今の話聞いてたんだろ？」

「はい！　だって綺麗ですから」

綺麗か、まぁ確かに光る宝石と言うのも珍しいっちゃ珍しいか。

「ねぇクラフタ君、私もプレゼントほしいなー。私、あっちの青いネックレスがいいな」

「何？」

甘えた声でフィリッカがねだったのはアルマのモノと同じ意匠のネックレスだった。

アルマのネックレスの宝石の色が赤なのに対してフィリッカの選んだ宝石の色は青色をしていた。

なるほど、お揃《そろ》いのアクセサリって訳か。

しかしどうやって光ってるんだコレ？　実際光っている訳だから何かしらの細工がされているのは確実なんだが。魔法プログラム以外で発光させる技術があるんだろうか？

『鑑定』スキルがあればこんな疑問すぐに解決するのになぁ。

「ねークラフタくーん？」

フィリッカが俺の腕に抱き付いて甘えた声を上げる。

餌を欲しがるひな鳥みたいだ。

「分かった分かった、買ってやるよ」

「やったー！　素敵よダーリン‼」

誰がダーリンか、アルマも対抗して抱き付かなくていいから。

「えへへ、ありがとうございますクラフタ様」

「ありがとねクラフタ君」

「どういたしまして」

お揃いのネックレスを身に着けた二人は一切の含みを持たない眩《まぶ》しい笑顔を見せる。

いいね、女の子の笑顔はこうでなくちゃ。

「モテモテだな兄ちゃん」

「その分大変ですけどね」

「ははっ、そんだけ可愛い娘《こ》に好かれてるんだ。苦労の一つもしてもらわなきゃ嘘だぜ」

◆

楽しかったデートも間もなく終わる。

「どう？　今日は楽しかった？」

帰り道でフィリッカがアルマに問いかける。

「はい！　とっても楽しかったです姉様」

「うむ、素直で宜《よろ》しい」

そう言って笑うフィリッカの表情は楽しそうで、でも少しだけ寂しそうだった。

しかしそんな顔はこちらを振り向いた瞬間に消え去り、いつもの笑顔に戻っていた。

「じゃあ帰りますか‼」

「それでは帰りは我らがお送りいたします、フィリッカ姫様」

突然後ろから聞こえた言葉に反射的に振り返る。

「あ、ああ……」

そこに居た者達の姿を見てフィリッカが掠《かす》れた声を上げる。

そう、そこに居たのは……

「「「さぁ!! 帰ってサボった分の勉強をいたしますよ!!」」」

フィリッカの家庭教師達だった。

◆

「なぁフィリッカさんや……」

俺はフィリッカに問いかける。

「なぁにクラフタさん?」

わざとらしさ全開の笑顔でフィリッカが答える。

「俺達は何故こんな所に居るんだい?」

そう、デートから帰って来た筈《はず》の俺達は「こんな所」に居た。

「なんでって、追っ手から逃げてきたからよ」

「なんで姫が家臣から逃げて下町に逃げ込んでるんだよ!!」

デートを終え城に帰ろうとしていた俺達の下に、フィリッカを連れ戻しに家庭教師達がやって来た。

普通に考えればそのままフィリッカを連れ戻してお終《しま》いなんだが、何故かフィリッカは一目散に逃げ出したのである。

そうなると困るのが俺だ、このまま逃がすと姫を置いてきた事になり非常に不味《まず》い事になる。

それは大変良くないので家庭教師達にアルマを任せてフィリッカを追って来た結果、こんな所まで来てしまった。

「なんで素直に帰らないんだよ、このままじゃ帰ってもお説教が増えるだけだぞ」

そんな俺のツッコミに対してフィリッカは不敵な笑いを浮かべながらこう答えた。

「そんなもの！　深く考えずに逃げ出したに決まってるでしょ!!」

「アホかぁぁぁぁぁぁぁ!!」

問答無用でフィリッカの脳天にチョップを喰《く》らわす。

「痛《い》ったぁぁぁぁぁ！　何するのよ!!」

「何じゃねぇよ！　もう少し考えて行動しろよお前は!!」

あまりにもアホらしくて地面にへたり込み溜息《ためいき》をつく。

「溜息をつくと幸せが逃げるわよ」

「もう全速力で逃げられたわ」

あのまま帰っていれば楽しい初デートで済んだというのにこのバカ娘は……

「とにかく帰るぞ、俺はこの辺の地理は分からんから案内頼む」

だが何故かフィリッカは明後日《あさって》の方角を見てこちらを見ようとしない。

「おい……」

「甘く見てもらっては困るわねクラフタ君。このフィリッカさんがそうそう期待通りの行動をとるとでも思ったのかしら？」

まさかコイツ、もっと遊びたいからって道を教えないつもりか？

「私も道に迷ったから帰り道なんて分からないのよ‼」

「威張るなアホぉぉぉぉぉぉぉぉぉ‼」

本日二度目のチョップをフィリッカの脳天に叩《たた》き込んだ。

◆

帰り道が分からなくなった為、仕方なく出口というか城を目指して下町を散策することになった。

もちろん散策という名の迷走なのだが。

城を目指してはいるのだが、途中の建物が邪魔をしてなかなか城に近づけない。

「それにしてもこんな町並みが王都にあったんだな」

「さっきまでの町並みとは随分違いますね」

振り向くとゴーレムに乗ったアルマが何気なく付いて来ていた。

「ってアルマ⁉」

家庭教師達に任せて置いてきた筈のアルマが何で付いて来てるんだ⁉

「それがこのゴーレムさん、クラフタ様の姿が見えなくなりかけたら突然後を追いかけて走り出したんです」

おおぅ、なんと言う誤算。そっかー、ゴーレムにアルマを乗せていただけで何か特別な指示をしていた訳じゃなかったからな。マスターの命令が無いゴーレムは、マスターに付いて来る仕様になっていたのか。

しっかし、子供とはいえ人間を乗せていたというのに、俺達が走る速度に追いついてきたのか。小型ゴーレムであるにも拘《かかわ》らずだ。

さすがコル師匠の魔法プログラムか。日本のロボット技術よりも遥《はる》かに先を行っているなぁ。

コル師匠から教わったゴーレム魔法の基本プログラムは古代魔法文明のハイエンドモデル。だから俺も完全にプログラム内容を把握できていなかったりする。

っと、まぁそれについては今は良《い》い。

それよりもこの下町だ。

この下町は城下町というには貧相で、しかしスラムというほど悲惨でもない町並みだった。

「私もこの辺りは危険だから絶対行くなって言われてたから初めて見るわ」

フィリッカはそう言うが、仮にも一国の王女なのだから危険な場所へ行かせないのは当然だろう。

「なんでも王都が出来てから出稼ぎに来た人達が勝手に作ったせいで、こんなにぐちゃぐちゃになってるみたいよ」

「へぇ、良く知っているな」

お姫様がこんな下町の事を知っているなんて意外だな。

「町の景観を壊して犯罪者の温床になっているから、下町の整備は代々の王様の課題なのよね。メリットもデメリットもあるのよ」

なるほどなー、都市計画とか関係なしに作ったからこんなにカオスなのか。

とはいえこういう所があるから棲《す》み分けができる訳で、それ故にうかつに壊す事もできないと。

「でも、なんだか異国情緒がある町並みですね」

アルマの言う通り、確かにこの辺りの建築方式は大通りの家々とは違った。

おそらくこの辺りの家を建てたのも、出稼ぎに来ていた異国の大工か何かだったのだろう。

横浜の中華街みたいな感じといえば伝わるだろうか。

もっとも今は横浜もだいぶ現代建築によって均一化しているが。

しかしこの下町意外と広い、もう一〇分は歩いているのだが未《いま》だに綺麗《きれい》な町並みに出ない。もしかして下町の中央に向かって進んでいるのでは？

別に下町でチンピラに囲まれても俺は問題ないが今はフィリッカとアルマがいる。コイツ等に何かあったら洒落《しゃれ》じゃすまん。

そういう意味では追いかけて良かったと言えるか。

まぁ最悪空を飛べば即脱出できるしな。

とりあえずどうしても帰り道が見つからなくなるまではこのまま下を歩こう。

◆

「ようよう坊主、可愛い娘達連れてるじゃねぇの」

「いいなー、その幸せ俺達にも分けてくんねぇ？」

下町を歩いていたら絵にかいたようなチンピラに遭遇した。

未だにこんな連中がいるんだな。いや、異世界じゃこういうのはザラなんだろうか？

「ねぇ、幸せを分けるってどういう意味？」

小声でフィリッカが聞いてくる。どうやら何らかの隠語だと思ったらしい。

「要は金か女、もしくは両方置いていけって事」

「強盗さんですか？」

アルマが可愛らしく聞いてくるが、強盗にさん付けはしなくて良いよ。

「どうするの？」

わくわくした顔でフィリッカが聞いてくる。お前分かっていて聞いてるだろ。

「そりゃまぁ、こう言うしかないよな」

懐の宝物庫に手を突っ込んで武器を引き抜きながら答える。

「欲しけりゃ力ず……」

「何をやっているんですか!!」

突然の大声が下町に響き渡る。

「な、何だ？」

全員が声のした方向に向き直ると、そこには一人のシスターが仁王立ちしていた。

その容姿は正に可憐《かれん》、美人という言葉がこれ以上ないほどに似合っていた。胸は平坦《へいたん》だったが。

しかしその美貌《びぼう》、スレンダーだが均整の取れたスタイルはその欠点を補って余りあるほどだ。

俺もチンピラ達も、女であるフィリッカやアルマですらその美貌に見惚《みと》れていた。

「大の大人が子ども相手に何ですか!?　恥を知りなさい!!」

「あ、ああ、いや、俺たちゃ……」

「お黙りなさい‼　言い訳など神が許しませんよ‼」

弁解しようとしたチンピラの一人がシスターに一喝される。大した胆力だ。

「……はっ！　こ、このアマ、黙って聞いてりゃ良い気になりやがって……」

我に返ったチンピラの一人がナイフを出してシスターに突き付ける。

だがその構えは全くなっておらず、素人《しろうと》丸分かりの姿だ。

とはいえ一般人のシスターには十分危険だ。いざとなったら力ずくで止めるとしよう。

「やめろ！　この女はあの教会のシスターだぞ！」

だが意外にもチンピラの仲間がナイフ男を止めた。

「それがどうした‼」

「忘れたのか？　ログさんから教会のシスターには手を出すなって言われてただろ」

ログという男の名を聞いたナイフ男が一瞬表情を強張《こわば》らせた後、渋々ナイフを仕舞う。

「……ちっ、分かったよ」

「悪かったなシスター、この通りだ」

「ふん」

チンピラの一人が素直に謝って来たが、ナイフ男は不満タラタラのようだ。

とはいえ、コレだけ血の気が多いナイフ男が素直に言う事を聞くのだから、恐らくログさんというのはそれなりの人物なのだろう。

教会には手を出さないチンピラの親玉とそこのシスター。

なにやら面倒事の予感である。

その後、シスターに保護された俺達は近くの教会に連れてこられた。

まぁ外見だけならまだ子供だし、フィリッカとアルマは十分すぎるくらいに良いとこのお嬢さんに見えるからなぁ。

「ここが私の管理する教会よ」

「え？」

シスターの説明にフィリッカが素《す》っ頓狂《とんきょう》な声を上げる。

「どうした？」

「え、う、うん。なんでもない」

俺の言葉に気にするなと手を振るフィリッカ。

「先代の神父様から受け継いだ教会だから、ちょっと古いけど住み心地は悪くないわよ」

ちょっと？　俺の目には今にも倒壊しそうな小さい建物にしか見えないんだが。

入り口の上に取り付けられた十字架に相当する品が無ければ教会とは気付けなかっただろう。

俺達がまじまじと教会のボロさに見入っていると、入り口が開いて中から子供達が現れた。

「お帰りーお姉ちゃん!!」

「お姉ちゃんおかえりなさーい」

「この子達誰？」

「新しい子？」

中からどんどん子供達が現れ、瞬く間にシスターを取り囲む。

種族も髪の色も、肌の色も、着ている服も、何もかもがバラバラだ。チグハグで所々ツギハギをした服を着ており、悪く言えば時代劇の極貧家庭の様な格好だった。

おそらくだが、シスターが保護している孤児なのだろう。

「この子達は外から来た子よ、仲良くしてあげてね」

シスターの言葉を聞いて、子供達は俺達を見る。

「捨てられたの？」

ヘヴィな台詞《せりふ》だ、真顔で言っているあたり悪意が感じられない。

「違うわ、只《ただ》の迷子よ」

迷子……いい年して迷子とか。他人の口から聞かされるとすごい恥ずかしいんですが。

「大丈夫よ、すぐに中央通りに連れていってあげるから」

羞恥《しゅうち》に悶《もだ》えていた俺を、不安がっていると勘違いしたシスターが慰めてくれる。

アカン、これは何を言っても泥沼のパターンやでぇ。

「おねぇちゃーん、お腹すいたー」

「はいはい、じゃあご飯の支度をしましょうか」

あまり長居するのも問題だし、王城の辺りに戻る道だけ教えて貰《もら》って帰るとするか。

「では俺達はお暇《いとま》させて頂きますので、大通りに出る道を教えていただけませんか？」

「あら、せっかくだから一緒にご飯を食べていきなさいな」

「いや、そんなご迷惑をおかけする訳には」

さすがに収入も怪しい教会で食事までやっかいになる訳にはいかない。

「良いのよ、二、三人増えたって大して変わらないわ」

そう言ってシスターは教会の中に入って行く。強引だなぁ。

そうすると困るのは俺達である。帰り道が分からないから教会から離れる訳にもいかず、じっとしているには周りの子供達がまとわりついて落ち着くこともできない。

自然俺達は小さい子達の子守りをする羽目になっていた。

◆

「うっ!?」

教会に入った俺は急に気分が悪くなった。

何だこれ？　肌がざわざわして全身が総毛立つような感じだ。

「どうしたの？」

「なんかここに入ったら急に気分が悪くなった」

「私もです」

アルマもか。一体どういうことだ？

「私はなんとも無いけど」

俺達は礼拝用の椅子に座り込み息を吐く。なんというか車酔いのような感覚だ。

「クラフタ様、もしかして私の病気が再発してしまったのでしょうか？」

アルマが不安そうに聞いてくる。

「いや、これは別の何かが原因だ。俺も気持ち悪い」

「おそろいですね」

アルマが無理に笑顔を見せて空気を和らげようとしてくれる。やさしい娘だ。

「うーん、これには嫉妬《しっと》しないわ」

一人元気なフィリッカがポツリと呟《つぶや》く。

「俺は元気なお前に嫉妬するがな」

「ふふ、つまり健康な私が最強って事ね」

言ってろ。


このままずっと気持ち悪いのが続くのかと少々不安だったのだが、数分もしたら徐々に具合は良くなっていった。一体さっきのは何だったんだろうか？

「おねぇちゃんじょうずー」

「兄ちゃんこれどうやるの⁉」

俺とフィリッカ、そしてアルマはそれぞれ子供達でもできる簡単な遊びを小さな子達に教えて暇をつぶしていた。

「次は俺の番だ‼　いっけー‼」

元気な少年が床めがけて丸い板を投げる。

パァン！　と小気味よい音がしてすぐそばにあった板がひっくりかえる。

そう、メンコだ。

俺は近くの壊れた椅子を薄く削って少年達にメンコを作ってやった。

切れ味が良くなる魔法プログラムが刻まれた魔法の短剣で、サクサクと椅子を切ってメンコを量産していく。

「にいちゃんすげー！　椅子が野菜みたいに切れてる！」

「兄ちゃんって剣士なの？」

簡単に椅子を切り裂いて新しいメンコを量産する俺を少年達は目を輝かせて見ている。

「別に剣士じゃないけど、まぁ戦闘訓練はしたかな」

「すっげー！　なぁ兄ちゃん、兄ちゃんって魔物とか倒せる？」

「まぁ、一人で旅をする以上はそれくらいは出来るよ、あんまり多いとヤバイけどな」

ちょっと謙遜《けんそん》しておくか。

実際にはフィリッカと二人旅だった訳だが、まぁ戦ったのは俺一人だから嘘は言っていない。

少年達と話しながらも作業を続ける。木の板に表と裏が分かるように模様を刻んで、そこに塗料を流し込めば簡単なメンコのできあがりだ。

これなら器用な子供なら簡単に作れるし、後は本人達の創意工夫次第で色々と遊びの幅が広がる。

メンコを全員に配り終えた俺は、ふと視線を女子達のほうに向ける。フィリッカとアルマは女の子達と遊んでいるようだ。なんか良く分からんが、この世界の子供達の室内遊びをしているらしい。

「兄ちゃんひっくりかえらないよー」

後ろから少年達の助けを求める声がする。

年少の子供達はコツが掴《つか》めないらしく、上手《うま》くメンコをひっくり返せないでいた。

「ああ、コツを掴めばできるようになるよ、見てな」

そうして子供たちの面倒を見ていたら年長の女の子達が奥からやって来る。

「ご飯が出来たわよ」

「「「はーい‼」」」

お腹がすいていたのだろう、子供達はメンコを放り出して奥の部屋に我先にと入って行く。

「貴方《あなた》達もいらっしゃい」

「はーい」

「ごちそうになります」

◆

厳粛な礼拝堂の向こうは、意外にもアットホームな食堂だった。

「天より見守りし七色の神々よ、我等が住まいし世界たる神よ、万物に色を授けし大いなる石の神よ。その慈悲たる糧をお授け下さり感謝いたします」

シスターが短いお祈りを済ませるとようやく皆が一斉に食事にありつく。

育ち盛りの子供達にとってお祈りの言葉を待つのは相当苦痛だったようだ。少年達は我先にと大皿の上の食事に手を伸ばす。

「おい！　俺のご飯取るなよ！」

「僕が先に取ったんだよ、そっちこそ横取りしようとするなよ！」

さっそく料理の取り合いが始まる。

「ほらほら、沢山……は無いけど慌てちゃだめよ。今日はお客さんも居るんだから」

そういって料理の取り合いでケンカになりそうになった少年達を宥《なだ》めるシスター。

「「はーい」」

シスターの仲裁であっさり矛を収める少年達。意外に教育が行き届いているんだな。

「貴方達もどうぞ」

シスターに促されて俺達も食事に手を伸ばす。

「あら、貴方左利きなの？」

「え？　ええ、そうですけど。それが何か？」

「いえ、特に何というわけでもないけれど。神の愛《いと》し児を見たのは久しぶりだったから」

神の愛し児？　なんだそりゃ？

「えーっと、それは何か宗教的な隠語か何かですか？」

俺の質問にシスターは大きく手を振って否定した。

「そうじゃないの、神の愛し児って言うのは左利きの子の昔の呼び方なのよ。左利きの子供は神様のお気に入りだから、生まれてくる前はずっと神様と右手を繋《つな》いでいて、その所為《せい》で左手が器用になったと伝えられてきたのよ。お年を召した司祭様達が良くお話してくれた昔話なの」

左利きが神様のお気に入りか。俺がスキルを三つ持っていたり、種族欄に貴種と出たのもそれが原因なのだろうか？

そう考えると坊さん達が話の種に使うって事は、何か裏付けがあるのかも知れないな。

「その昔話って何か根拠があるんですか？」

「どうかしら？　確かに左利きの人間にはスキルを持った人や、何かしら才能に溢《あふ》れた人が多いと聞くけど、単に目立つ人達がたまたま左利きだったってだけじゃないかしら？」

綿密に数字を調査した結果の話ではなく、たまたま左利きの人間の作業が物珍しくて器用に見えたからという、印象だけに基づいたトンデモ学説というのが現在の考え方だそうだ。

「ま、左利きだと損も多いからそんないいモンでもないですよ」

「そうなの？」

「ああ、例えばの話、ハサミなんかの道具は基本右手用に作られてるだろ？」

「そういえばそうですね」

俺の説明を聞いてアルマ達がなるほどと頷《うなず》く。

「結局世の中は数の多い方に都合がよく出来てるんだよ」

もっとも、宗教関係者が眉唾《まゆつば》モノだと言う話を信じるのも間の抜けた話だが。

そうやって、にぎやか過ぎる食事を終えた俺達は、再び子供達の相手をしながらまったりと過ごしていた。

「それにしてもおかしいわね」

食器を洗っているシスターと子供達を見ながら、フィリッカがポツリと呟いた。

「おかしいって何が？」

「普通、教会の管理を任されるのは神父なのよ。シスターはあくまでそのお手伝い。だから教会をシスターだけで管理するなんて普通ありえないの」

ほほう、この世界の、少なくともこの国の宗教はそうなのか。

「それに孤児も多い。シスター一人だけでこれだけの数の子供達を養うなんて無理よ。国からの援助だけじゃ成り立たないわ」

つまりシスターには他に財源があると？

「直接ご本人に聞いてみてはいかがですか？」

アルマさん豪快にも程があります。

「何のお話ですか？」

ちょうど皿を洗い終わったシスター達が戻ってきた。

まぁ、アルマの言う事も一理あるかな。もしもシスターがヤバイ事に手を染めていて、子供達がその巻き添えを食ったら目も当てられない。

「シスターさんはこれだけの子供達のお食事をどうやって賄っているのかと話していた所です」

直球で聞いちゃったよこの娘《こ》。だがこれはアリかもしれない。シスターに後ろめたい所がないのなら素直に教えてくれる筈《はず》だ。

アルマはそれを考慮して直球で聞いたのだろうか？　それとも只《ただ》の天然なのか？

「子供達の食費の事ですか……確かに、私だけでこれだけの数の子供達を育てるのは困難と思われるのも仕方のない話ですね」

そういってシスターは椅子に座り俺達の方を見ながら言った。

「匿名で寄付をして下さる方が居るんです」

「寄付？」

「ええ、保護した子供達の数が増え、どうやって子供達にご飯を用意するか悩んでいた時の事です。ふと気が付くと礼拝堂に袋が置かれていたんです。中を確認すると銀貨が何枚も入っていて、はじめは誰かの忘れものかと思っていたのですが、それが次の月も、そのまた次の月も、気が付いたら置いてあって、それでこれは寄付なのではないかと思ったの」

ほー、まさしく足長おじさんだな。

「優しい方がいるのですね」

「ええ、神の導きに感謝です」

アルマとシスターは純粋に足長おじさんの善意を喜んでいる。

俺はチラリとフィリッカのほうを見ると、フィリッカも俺を見て手をパタパタと横に振る。どうやら同じ考えのようだ。

おそらくだが謎の足長おじさんの目当てはシスターだと思う。

なにしろこのシスター、さっきも言ったがとんでもない美人であるからだ。

胸は控えめを超えて絶壁だが、むしろ修道服が清純さを増幅させているのでマイナスになっていない。

スタイルもスーパーモデル並とは言わないがかなり均整がとれていて、肉付きもやや痩《や》せ気味だが痩せ過ぎではない。ハッキリ言って女でも見惚《みと》れるレベルの美人なのだ。

男装すれば宝塚ばりにお姉様方のハートを射止める事だろう。

そりゃあシスターに良《い》い所を見せたくて、寄付の一つもしたくなるというものである。

今は匿名で好感度を上げておき、いずれ偶然見つかったフリをして正体を明かすつもりなのではないだろうか？

俺の憶測に同意するかのようにフィリッカもゲスい表情でシスターを見ている。アカン、それ姫がしていい表情ちゃう。

まぁ足長おじさんの下心は別にどうでもいい。

「さて、暗くなって来たので俺達はそろそろお暇《いとま》させてもらいます」

「あら、だめよ。この辺りは暗くなると危ないから、今日は泊まっていきなさい」

泊まる？　いやそれは不味《まず》い。逃亡しただけでも大問題なのに外泊なんてした日にゃどんな恐ろしい事になるか。

しかも今はアルマもいる。王女二人が新興貴族の少年と無断外泊、スキャンダルにも程がある。

「いや、今晩中に帰らないといけないから、もうお暇しますよ」

「だめよ‼　ここは子供が夜出歩いて良い場所じゃないの‼」

シスターは頑として譲らない、とはいえこちらも長居する訳にはいかない。

「だったら私が送って行きましょう」

その声は食堂の入り口、礼拝堂の方から聞こえてきた。

俺達が視線を向けたその先には初老の男と妙齢の女がいた。

男はいかにもファンタジーの神官が着るような白い服を着て、その胸には丸にVの字を重ねたような装飾品、おそらく地球でいう十字架に相当するアクセサリが掛かっていた。

白み始めた髪に温和な顔は好々爺《こうこうや》と言った風情だが、こういう時に出てくる善人は高い確率で悪人なんだよな。漫画的にはだが……

そしてもう一人の女は長い長い黒髪で修道服を着ていた。つまり彼女もシスターなのだろう。年の頃は二〇代後半といった所か。そして恐ろしく際立っているのはそのスタイルである。シスターとは対極のナイスバディでミヤに匹敵する胸の持ち主だ。しかも修道服がボディラインを強調していて、これまたシスターとは違う方向で魅力を引き出している。

「ダーヅ様！」

シスターは男の名を呼びながら慌てて立ち上がる。どうやら知り合いの様だ。

「ああ、固いのは無しで、楽にしてください。今日は仕事で来たわけではなく、伝えたい事があって来ただけですから」

「井戸のおじちゃんだー」

「井戸のおじちゃんお菓子頂戴《ちょうだい》！」

子供達がダーヅと呼ばれた男に群がっていく。っていうか井戸ってなんだ？

「こら！　失礼な事を言っちゃだめでしょ!!」

お菓子をねだる子供達を怒るシスター、だがダーヅは気にした風も無く笑う。

「まぁまぁ。ディアーナ君、子供達にクッキーを」

「はい、ダーヅ様」

ディアーナと呼ばれたシスターが手に持っていた袋からクッキーを取り出して子供達に配り出す。

視線をシスター達の方に戻すと、二人はなにやら深刻そうな話をしていた。

「シスターも知っているでしょうが、東の町で発生した危険な流行病《はやり》が近隣の町に広がり、王都にも近づいていると聞きました。教会も協力して薬師達と治療薬を量産していますが、何分数《なにぶん》には限りがあります。シスター達も病にかからぬよう十分に注意してください」

注意してくださいと言われたシスターは困惑するばかりだ。

まぁ当然か、これだけの子供を抱えるシスターに子供達の薬を買う余裕などないだろうし、下町の衛生環境では注意のしようもないだろう。

まぁ食事のお礼にアドバイスくらいしておくか。

「うがいをすればいいですよ」

俺の言葉にシスター達がこちらを向く。

「うがい……ですか?」

「うがいと手洗いで病気の感染率は大きく下がります。子供達には定期的にうがいと手洗いをするように習慣付けるといいでしょう」

「ほう? そういえば君はこの教会の子供ではない様だが、どこかの医者のご子息かな?」

ダーツは興味深そうに俺を見るがその視線に不審の感情はない。

「この子達は道に迷っていた所を私が保護しました。この方はダーツ様と言ってとても偉い司祭様なのよ」

シスターが俺達に紹介をするとダーツも俺達に挨拶《あいさつ》をしてくる。

「初めまして、ダーツと言います、赤の神ログラ様を信仰する爺《じい》です。そしてこちらのシスターはディアーナ君」

そう言って少しおどけた表情をみせるダーヅ。そしてディアーナは恭しく一礼をする。赤の神と言うのはこの世界の神様の名前か？　だとすれば青の神様や黄色の神様もいるんだろうか？　宗教は興味ないから良く分からん。

「初めまして、クラフタと申します。厳密には医者ではありませんが師匠から医療知識を少々学んでおります」

「フィリッカでーす、クラフタ君の恋人でーす！」

「アルマと申します、同じくクラフタ様のこ、婚約者です！」

「ちょっと待て」

何を危険発言をかましてくれてんのかね、この娘達。

俺に続いてフィリッカ達が挨拶をするものの、二人の発言の所為で皆の視線が痛い。

「恋人が二人もいるなんて、お姉さん感心しませんよ」

めっ！　とシスターが可愛く怒る。

「ほっほっほっ、若者の特権ですな」

シスターとダーヅが正反対の感想を漏らす。

「ダーヅ様！」

「これは失言」

「もう、高司祭なのですから、もっと威厳を持って頂かないと」

「いやいや、私なんて大して偉くはないですよ」

「そんなご謙遜《けんそん》を。その若さで高司祭の地位を授かった方なんて数える程しかいらっしゃらないではないですか」

そう言ってシスターは俺達にダーヅの事を説明する。

「ダーヅ様はね、元々私と同じくこの教会で修行していらしたそうなの。でもある日突然、多くの人の心を救う為に旅に出ると仰《おつしや》って教会を出て行ったそうなの」

「いやぁ、あの時は私も若かった」

黒歴史を恥ずかしがるような感じで頭に手を当てるダーヅ。

「ダーヅ様は教会の無いような田舎の村や戦争の傷跡の残る町に行き、悩む人々に手を差し伸べ自らが御作りになられた聖水で原因不明の病や呪いに苦しむ人々を救われたそうよ」

シスターが子供に物語を語る様に言葉を紡ぐ。

「いつしかダーヅ様は井戸の聖人と呼ばれるようになり、若くして高司祭の地位を与えられたの」

シスターの称賛にダーヅは頭を掻《か》いて恐縮する。

「そんな大層な事はしていませんよ、井戸に水汲《く》みに来た方々の話し相手になっていただけです。聖水も困っている方々の救いになればと思い配っただけですよ」

なるほど、教会の無い僻地《へきち》の村やここのような下町でも井戸には必ず人が来る。

そこで見返りを求めずにお悩み相談に乗れば人々の信頼も得られるだろう。

「ですがダーヅ様の作られる聖水は身も心も軽くなると評判ではないですか」

さっきも言っていたけど聖水ってゲームなんかのアレか？

「司祭にとって聖水作りは大事な役目なの。実際ダーヅ様が高司祭になられたのも聖水作りの腕を見込まれたからだと言われているわ」

高司祭と言うのがどれくらいの地位なのか分からないが、見た目の年齢から言って専務くらいの役職だろうか？

するとディアーナさんは秘書ってところか？　何をするでもなくダーヅの傍に控えている。

「ダーヅ様、そろそろ……」

ディアーナさんがダーヅに声をかける。どうやら必要な事以外は話さない人みたいだ。

「おお、そうですな。ではそろそろ外も暗くなりましたし私達は帰ろうと思うのですが、大通りまでで良ければご案内いたしますよ」

「助かります、是非お願いします」

「帰っちゃうの？」

「もっと遊ぼうよー！」

「こーら、困らせたら駄目よ！」

せっかくできた遊び友達がいなくなる事を残念がる子供達にシスターが注意する。

「また後日、お礼に伺わせて頂きます」

今日は世話になったからな。

「気を遣わなくてもいいのよ。でも子供達と遊びに来てくれるとちょっと嬉《うれ》しいかな」

「フィリッカの姉御！、また来てくれよな‼」

「ええ、絶対また来るわ」

すっかりガキ大将になったフィリッカに舎弟達が群がる。

「アルマちゃん、次に来た時はとっておきの場所に連れて行ってあげるね！」

「うん約束ね！」

アルマも仲良くなった子供達と再会の約束をしていた。特にアルマは初めて出来た普通の友達と別れるのが辛《つら》くてちょっと涙ぐんでいる。

アルマの情操教育のために連れてくるのもありかもしれないなぁ。


「しかしシスターも大変ですな」

帰り道にダーヅがポツリと呟《つぶや》く。

「大変とは？」

「そりゃ教会の維持費の事でしょ」

俺の質問にフィリッカが答える。

「その通り。見ての通りあの教会には孤児達が住み着いています。ですが、あの教会に支払われる援助金は極わずかです。だれもスラム同然の下町にある朽ちかけた教会などにお金を掛けたくないでしょうからね」

つまりお布施しない奴に施す善意は無いと言う訳か。

「その言い方だと貴方《あなた》はあの教会に対して否定的な感情を持っているみたいね」

ダーヅの言葉からネガティブなモノを感じ取ったフィリッカが問いかける。

「正直言いまして、シスターは他の教会に異動して、あの教会は閉鎖するべきだと考えています」

「ひどいです！」

と、そこで声を荒らげたのはアルマだ。

「教会には住む場所もない子供達がいるんですよ！　可哀そうだとは思わないんですか⁉」

普段のおっとりしたアルマからは想像もできない激しさだ。というか、既に興奮のあまり息を切らしている。

「アルマ、落ち着いて。深呼吸、深呼吸」

「すーはー、すーはー……すみません、はしたない所を……」

感情的になって叫んだせいで呼吸が乱れてしまったようだ。この程度でも息が切れるあたり、まだまだリハビリが必要みたいだな。

「彼らの事を思って怒ったんだろ？　誰かの為を思っての事なら、はしたなくなんかないさ」

「クラフタ様……」

そう言って頭を撫《な》でてやるとアルマが心地よさそうに目を細める。

「二人共、イチャつく場所を考えましょうねー」

うむむ、フィリッカに釘《くぎ》を刺されてしまった。反省。

「まぁ、そうは言っても教会の数がそのまま援助金の分配に影響を及ぼすんだから、教会としては実入りの無い所はさくっと潰《つぶ》したいのが本音よね」

台無しにするようにフィリッカがリアルな発言をかましてくれる。

「とはいえ、仮に下町の教会を潰しても浮いた援助金は複数の教会に分配される訳だから、孤児達が他の教会に引き取られても総合的な数値は変わらんような気も」

「確かに。ですが閉鎖した教会分の維持費が不要となりますし、人手も増えます。教会としては不要な支部を削り人員の整理をするべきだという意見も出ているのですよ」

信者がいてこその宗教だというのに教会を取り壊そうとは。

明らかに下町には金が無いから削りたいと言う本音が見え見えですなぁ。

他はどこの支部を削ろうとしているか是非聞きたい所だ。

「ガラの悪い男達と会っているという噂もありますからね、シスターの為にも決心を急いでほしい物です。彼女はあのような所で穢《けが》れて良い存在では無いのですから」

子供達では無くシスターの為か……

どうやらダーヅのお目当てはシスターのようだ。いい年してお盛んだなぁ。

「ああ、そろそろ大通りにつきますよ」

ダーヅの視線を追って行くと大道芸が行われていた広場が見える。

もう辺りは暗くなっている為、芸人達は帰ってしまったらしく、人通りはほとんど無い。

「街頭の明かりもありますし食事をする人達が歩いていますから下町よりは安全ですが、寄り道しないで早く帰るんですよ」

「ご迷惑をおかけして申し訳ありませんでした」

「ありがとうございます」

「……ありがとうございます」

ディアーナさんが無言で一礼する。本当に無口だなこの人。

ダーヅと別れ王城へと帰る途中。

「……」

なにやらアルマが難しい顔をしている。

「どうしたアルマ？」

「あの高司祭様、皆の事を住み着いていると言っていました」

どうやらアルマはダーヅの事がお気に召さなかったみたいだ。

「まぁしょうがないわよ、アイツ等にとっては孤児なんて金食い虫以外の何物でもないんだから」

「でも‼」

「まぁまぁ、その辺で」

フィリッカは経営者の視点から、アルマは孤児の視点から話をしているので、二人の意見はなかなか一致しない。

って言うか教会の活動を会社経営みたいに見ているあたり、フィリッカは政治家だなぁ。

逆にアルマは力の無い者達のどうしようもない現実、それを伝える事が出来ない事にやきもきしている感じだ。

アルマは今まで病気の所為《せい》で何も出来なかったからな、人一倍無力感という奴に敏感なんだろう。

「クラフタ様、教会の経営難を救う良い方法は無いのでしょうか？」

「えっ⁉」

そこで俺に振るか。

経営難ねぇ、普通に考えれば何か金を稼ぐ方法を考えるってトコだろうけど、経営難の教会に出来て、かつ子供達全員分の食費を稼げる方法となると……非合法の手段ばかりが頭に浮かぶ。

「クラフタ様？」

アルマが突然黙りこんだ俺の顔を覗《のぞ》き込んで来る。

「あ、ああ。無いわけじゃないけど教会でやるのに適切な内容かというとちょっと考えるネタでね。とりあえず今日は案を考えてみるとするよ」

「期待しています！」

期待されちゃったよ。


こうして俺達は無事、王城に帰ったのだった。

余談だが、城に帰った俺達を待っていたのは、陛下を始めとした大人達のお説教だった。

まぁ大半のお仕置きは主犯であるフィリッカがかぶることになったのだが、流石に俺もお咎《とが》め無しというわけにはいかず、後日バクスターさん達、城の医療関係者の技術交流会に強制参加する事となった。

「さぁ少年、共に医学の発展に努めようではないか!!」

◆

「ほう、経営難の教会かね」

それは医師や薬師達との技術交流会での事だった。

せっかく国に勤める医師や薬師が集まっているのだから、教会の事を相談してみることにした。

「ふむ、ポーションを作ろうにも衛生面が心配ですな」

「子供ですからな、技術的な問題もあるでしょうからあまり良い手段とはいえますまい」

「だったら消耗品を安く売ってはどうかな？　出来の悪さを値段でカバーすればいい」

「だが何を売る？　子供の作った物ではいかに安くても手にとってはもらえまい」

意外にも議論が白熱してきた。下町の教会や孤児の事などどうでも良《い》いと思われるんじゃないかと思ったのだが、なかなかどうして。

「やはり高級路線よりも格安品を多く売るほうが品質の問題をクリアしやすいだろう」

「だから売る物次第だろう！」

「紙なんてどうだ？　アレなら消耗品だし安い方がありがたい」

「いやいや、羊皮紙は羊を育てる手間がかかるし、高級紙は工房が製法を独占しているから手が出せないぞ」

「高級紙って何ですか？」

「ああ、これだよ。羊皮紙と違って薄くて書きやすいんだ」

許可を得て触らせてもらったところ、その感触はザラザラとしていた。厚めの紙だがそれでもこの世界に出回っている紙の中では白くて綺麗《きれい》だ。あえて言うなら画用紙か。

ふーむ、これはありかも知れないな。

「ありがとうございます。参考になりました」

「ふむ、どうやら何かアイデアが出た様だな」

「ええ、おかげさまで」

医師達の協力で教会の食費を稼ぐ方法が見つかった。

◆

「霧が濃いな」

翌日、俺は早朝から下町の教会に向かっていたのだが、この国は霧が濃い。まるでロンドンにでも来た気分だ。

一寸先が見えないとは言わないが一〇m先を見るのが困難なくらいには濃い。

「教会を救う手立てが見つかったのですか？」

「ああ、上手《うま》くすれば十分な収入が期待できる」

アルマの質問に俺は肩から掛けたカバンを軽く叩《たた》き、自信満々に答える。

……あれ？

そっと横を向くと、そこにはアルマが居た。

「どうされましたか？」

「うん、何でアルマがここに居るのかな？」

うん、何故かアルマが俺の隣を歩いていた。いや、歩いているのはアルマではなく昨日作ったゴーレムだが。

昨日、城を抜け出した説教が終わった後に、ゴーレムにはアルマの乗り物として働くようにと命令をしておいた。そのゴーレムをアルマは早速乗りこなしているようだ。

「はい。朝、目を覚ましてから窓の外をボーッと見ていましたら、偶然クラフタ様がお出かけになるのを発見いたしまして。そしたら私、居てもたってても居られず、クマちゃんにお願いして付いて来てしまいました」

どうやらクマちゃんと言うのはゴーレムの名前のようだ。

うーん門限破りで怒られたばかりだから、アルマ達を連れ歩くのもどうかと思って早朝に出かけたんだが。

まぁ付いて来てしまったものは仕方が無い。ここまで来たら連れ帰るよりも教会で用事を済ませたほうが早いだろうしな。


教会の前までやって来ると外にいた子供達が走って出迎えてくれた。

「兄ちゃん！　大変だよ！」

と思ったのだがなにやらトラブルの様だ。

「何があったんだ？」

「怖いおじさん達がやって来て、姉ちゃんを連れて行こうとしてるんだ」

「クラフタ様！」

「アルマは子供達を頼む、俺はシスターを助けに行く！」

「はい！」

白衣の内側、腰のベルトに括《くく》り付けた宝物庫から自作の可変魔法具『七天夜杖《しちてんやじょう》』を取り出し教会に忍び込む。

教会の中に入ると、柄の悪い男達がシスターを囲んでいた。

シスターはその中の、ボスと思《おぼ》しき身なりの良い男に腕を掴まれ抵抗していた。

何故ボスと分かったのかと言うと、ボスはいかにもな格好をしていたからだ。

燃え盛る炎のようなオレンジの短髪、西洋人風の目鼻のはっきりとした容姿をしており、性格が顔に表れているのか人を威圧する迫力があった。

だが何よりも彼をボスたらしめていたのはその服装だった。

部下達は動きやすさを重視した軽装……といえば聞こえの良いボロ衣装だが、ボスの服装だけは高級店でオーダーしたであろう一点物だった。

白いロングコートに濃い赤紫色のベスト、さらに黒いシャツとスラックスといった、典型的なマフィアのような姿。

悪党という奴は長い服を好むのがお約束なのだろうか？

「放してください！」

「そうはいかんなぁ。今日は借金の返済日だ。今月分の返済をして貰《もら》わんと俺達も困るんだよ」

おや？　下町の悪漢にでも襲われているのかと思ったのだが、どうやら違うようだ。

「おい！　今月分の支払いはどうなっている？」

「利息分を含めた月々の返済額、金貨五枚の内、今月はまだ金貨三枚しか支払われていませんね」

ボスの質問に対し部下と思しき男が答える。

「だそうだが、残りの金はどうなっている？」

「か、必ず支払います！　ですから、もう一週間だけ待ってください」

「だめだ。言ったよな、月々の返済ができなくなったらお前は俺のモノになるって。契約書にもそう書いただろう？」

「う……」

シスターが悔しそうに顔を伏せる。

「しょうがないよなぁ、何しろこんな貧乏教会に金を貸してくれるのはウチぐらいのものだったんだからな。だからどんな条件をつけられても受けるしかなかった。だろ？」

ほうほう、貧乏教会に金を貸した理由、それはシスターそのものだったという訳か。

まぁお約束ではあるが、シスターの容姿の美しさを考えれば奴隷として売るにしても手元に置いて愛《め》でるにしても十分過ぎる価値があるだろう。

「いい加減に諦《あきら》めろ。お前一人じゃ孤児共を養うなんてどだい無理な話だったんだ」

「そんな事分かっています！　それでも……」

「それでもと強がった結果がこれか、孤児の食費をお前一人では賄いきれずに借金に手を出して、その結果膨れ上がった借金の利息で返済が出来なくなっちまった。おい、今の借金はいくらだ？」

「現在借金は金貨一五〇枚、月々の返済額は利息を含めて金貨五枚です」

日本円にして金貨一枚は一万円。シスターの借金は一五〇万って訳か。利息はいくらなんだろう？

「ずいぶんと借りたもんだ」

あきれたように言うボス。

「そ、それは、必ずお返ししますから……」

「返すねぇ……教会からの援助金はいくらだ？　お前が働いて返済のめどは立つのか？　今月また孤児が増えたらしいな？　どうあがいても返済は不可能だろう？　何しろお前はもう仕事を三つ掛け持ちしているもんなぁ」

　ボスは畳み掛ける様にシスターを追い立てる。

「仮に仕事を増やせたとして、教会の維持費、孤児達の食事代、さらにそれを差し引いた残りの金で残った借金の返済ができるのか？」

「それは……」

「無理だな、只《ただ》でさえ多い孤児共を次から次へと増やした結果が今だ。お前の性格ならこれからも増えるだろうさ」

「でも、子供達を見捨てる事なんて！」

「自分も孤児だったからって言いたいんだろ？　分かってるよ、俺も同じだからな。だが、何も見捨てろって言ってる訳じゃねぇんだ。只よ、スポンサーは必要なんじゃねぇか？　聞いてるぜ、上はこの教会の援助金を打ち切ろうとしてるそうじゃねぇか」

　その言葉にシスターがハッとした顔でボスを見る。

「何故それを！」

「教会にもお喋《しゃべ》りがいるのさ」

　ああ、ダーヅが言っていた話か。どうやらあの話は確定事項でそれを誰かが漏らしたとみえる。

「援助を打ち切られたらもう借金返済どころじゃねぇ。だがお前が俺のモノになるのなら、あの孤児共の面倒を見てもいいんだぜ？」

「ログ……何故そんな風に……」

悲しそうに俯《うつむ》くシスター、どうやら二人は知り合いらしい。

「わかってんだろ？　世の中綺麗《きれい》なだけじゃ生きていけねぇってよ。なぁシスター？」

シスターは一瞬躊躇《ためら》ったものの、他に良い手段が見つからなかったらしくログと呼んだ男の顔を悲壮な表情で見つめた。

「本当に子供達の面倒を見てくれるんですね？」

「約束は守るぜ。なに安心しろ、俺とお前の仲じゃねぇか」

ふむ、ここらが潮時か。

「ちょっと待った！」

教会の中にいる全員が俺を見る。

「何だガキ？　俺たちゃ大人の話をしてるんだ。怪我ぁしたく無きゃすっこんでな」

ログはシスターとの会話を邪魔されて不機嫌そうだ。

「あ！　手前《てめ》ぇはこないだの！」

取り巻きの一人が俺を見て急に声を上げる。

おや、よく見ると先日のナイフ男じゃないか。

他の取り巻きも先日因縁をつけてきた男連中だ。

「や、先日はどうも」

俺はナイフ男に挨拶《あいさつ》をする。

「何だお前ら、知り合いか？」

「え、ええ、まぁ」

ログがナイフ男に声をかけるとナイフ男はしどろもどろになりながら返事をする。ああ、詳しく話すとシスターを襲おうとした事がバレるからか。

なるほど、ボスのお気に入りの女に手を出さない様に厳命されていたとみえる。

「その人には借りがあるんで連れてかれちゃ困るんですよ」

そう言ってシスターとログに近づいていく。

「ほう、だったらお前がシスターの代わりに借金を払ってくれるのか？」

ログは刺すような視線で俺を見る。

「えーと、今足りないのは金貨二枚だっけ？」

「いーや、シスターとの契約でな、月々の返済が滞った時点で俺のモノになると契約書に書いて貰ってるんだ。だがついさっき返済が滞ってな、契約どおりシスターは俺のモノになったんだよ。もしシスターを助けたいのなら、今この場で借金を全額返済して貰おうか？」

「そんな無茶苦茶な‼」

シスターが悲鳴をあげる。

「この坊主がお前を助けたいって言ったんだ。だから俺はどうすれば助ける事が出来るか、教えてやっただけだ」

なぁ坊主と笑いながら言いつつも、その目は俺のような子供ではとても支払える筈《はず》が無いと高をくくっていた。

「えーと、確か金貨一五〇枚だっけ？　ほい、これで足りるだろ」

宝物庫から緑金貨を一枚と赤金貨を五枚出して渡す。

「……っ！　こ、これは緑金貨⁉　何故お前みたいな餓鬼がこんなモンを⁉」

後ろに控えていた部下が緑と赤の金貨を手に取ってしげしげと眺める。

「間違いありません、コイツは本物です……」

「マジか、いやお前が言うのなら本当なんだろうな……」

おや、あっさり信じた。

まぁ、この世界の貨幣は特別な魔法処理をされているから偽造は不可能だしな。

ついでに言うなら俺にはできるけど。クアドリカ師匠が考案、コル師匠が魔法プログラムを組み、パルディノ師匠が開発した最新式教育魔法具で行われた恐ろ……特殊な教育法で魔法プログラムの作り方をみっちりと学んだのだ。だからコル師匠謹製の最新ゴーレムプログラムならともかく、文明の退行した現代の魔法プログラム解析など楽勝で攻略済みだ。

その結果分かった事は、この国の貨幣は銅貨や銀貨など各貨幣ごとに別の偽造防止対策が組み込まれていて、金額が上がるごとに難易度がはね上がる仕組みになっていた。

さらにそのプログラムを組むため必要な触媒がまた貴重品だったりする。地球で言うレアメタルみたいな物だ。

そんな貨幣を見ただけで本物と分かったこの部下は、もしかしたら『鑑定』のスキルを持っているのかもしれない。

「という訳で、今日の所はお引き取り願えませんかね？」

一瞬、俺に対して鋭い視線を向けたログだったが、大きく息を吐いたと思ったらシスターを掴《つか》んでいた手を離して俺の方に向き直る。

「いつの間にこんなボンボンをたらし込んだんだか」

「た、たらし込んでなんていません！」

真っ赤になってシスターが否定をする。そこまで必死に否定されると悲しいなぁ。

「そうか？　まぁせいぜい囲ってもらうといい。お前が際限なく孤児を引き取るのに坊主が耐え切れなくなるまでな」

そう言ってログは俺の横を通り過ぎて、教会を出て行った。

ボスが帰るのを見て、部下達も慌ててログを追って出て行く。

「……」

だが一人だけ動かない奴がいた。

そいつの姿はヤクザの取り巻きの中で一際異様だった。

年のころは一四、五歳、赤い髪をボサボサに伸ばした姿は粗野な印象に映る。

だが一番異様だったのは、全身に差したカラフルな剣だった。

明らかに過剰な数の剣、それも見るからに普通の剣ではない。

恐らくは魔法具、だがこの若さでコレだけの数の魔法具を持っているという事は相当の手練《てだ》れなのだろう。つまり用心棒という訳か。

そいつはじっと俺を見ていた。何かを言う訳でもなく。しかしその顔はこう語っていた。

「見つけた」と。

「おい！　何をしてる！　さっさと帰るぞ‼」

そいつはログの声でようやく俺から視線を外し教会から出て行く。

最後、ドアを閉める瞬間にそいつの声が聞こえた。

「白衣を着た子供……見つけたぜ」

◆

なにやら最後に変なフラグが立ちそうだったがまぁ無事にお帰り願う事が出来た。

「とりあえず危機は去ったかな？」

そう言ってシスターを見ると、彼女は困ったような顔で俺を見る。

「……何故、私を助けてくれたんですか？　あんな大金を支払ってまで」

んー、そんな大層な理由なんて無いんだけどなぁ。

「強いて言えば、昨日助けて貰ったからかなぁ」

「それだけですか⁉　それだけで金貨一五〇枚分も支払ったんですか⁉」

驚きのあまり声を荒らげるシスター。ふむ、美人だからこんな表情でも絵になるなぁ。

「ん？　いや別に驚く事じゃないだろ。恩には義を以《もっ》て応えろって死んだ爺《じい》ちゃんも言ってたし」

「はぁ……」

ポカーンとした顔で俺を見るシスター。まぁ一五〇万円相当の金を一括で支払ったからなぁ。

でも師匠に鍛えられた所為《せい》で金には困らなくなっちゃったんだよな。

薬を作れば金持ちが大枚はたいてでも欲しがる物が作れるし、ちょっとそれっぽい魔法剣を作れば騎士が以下同文だし。高級食材となる魔物も自力で狩れる訳で食の欲求も満たされている。っていうか城の食事マジ美味《うま》い。俺本当に金に困らなくなっていたんだなぁ。うーん、チートモード。

「あの……お金は必ずお返ししますので……」

「うんうん、いいね。じゃ、そういう訳で早速お金儲《もう》け講座を開こうか」

「は?」

呆《ほう》けるシスターを放っておいて、俺は教会の外で待機しているアルマと子供達を呼びに行くのだった。

◆

教会の礼拝堂に子供達が集まる。

「あ、あの、お金儲け講座って一体何をするんですか?」

フリーズから回復したシスターが疑問を投げかける。

「クラフタ様が教会の資金難を解決すべく知恵を授けてくださるそうです!」

アルマが自信満々で声を上げる。ハードル上げないでくれますかねぇ。

「何するのー?」

「お前達、この教会にお金が無いのは知ってるか?」

「ちょっ! イキナリ何を」

唐突に子供達に対して気まずい話題を振った事にシスターが抗議の声を上げる。

だが俺が聞きたいのはシスターの声ではない、子供達の声だ。

だが子供達は俺の質問に対して皆、目を泳がせる。聞いてはいなくてもなんとなく察してはいたのだろう。

「このままだとこの教会は閉鎖され、シスターは借金のかたに奴隷にされるかもしれない。

「嘘！」

「嘘じゃない、シスターがヤバイ連中と関わっていたのは知ってたんだろう？」

ダーヅが知っていたくらいだ、身近にいた子供達が気付かない筈《はず》が無い。

「お姉ちゃん、悪い奴に連れてかれるの？」

「っ！　そんな事、むっ！」

子供達を安心させようとしたシスターの口を塞《ふさ》ぐ。

「今まではシスターが必死に働いてきたが、シスターももう限界だ。だから今日あいつ等がやってきたんだ」

「僕の所為？　僕がここに来たから？」

俺の腕の中でシスターが必死で子供達に訴えかけようとするが俺が口を塞いでいるので何も喋れない。

「強いて言うなら、お前ら全員の所為だな。お前らはシスターが辛《つら》いのを知っていても何もしなかった。だからシスターはたった一人で頑張って、頑張りすぎてこんな結果になっちまった」

俺の言葉に子供達が俯く。

「でも、僕達子供だし」

「そうだよ、俺達みたいな子供にゃ碌《ろく》な仕事なんて回ってこねぇよ！」

「きつい仕事をやっても飴玉《あめだま》一つ買うくらいの金しか貰《もら》えねぇんだからやってられねぇよ！」

反論というよりも愚痴といえる内容で言い返してきた子供達に対し俺は、

「それでも全員で頑張れば一人分の食事代くらいにはなるだろ！　そしたらその分シスターが楽になった筈だ！　何でやらなかった⁉」

俺の言葉にビクリと肩をすくめた子供達は再び黙ってしまう。

「答えろ、教会を追い出されてシスターを見殺しにするか、今からでもがむしゃらに働いてシスターの役に立つか、今すぐにだ！」

腕に痛みが走る。見るとシスターがすごい顔で俺を睨《にら》んでいる。美人は怒った顔でも美人だな、むしろ怒り顔が凄《すご》みをましてなおさら美しい。

どうやらシスターの口を塞いだ手に噛《か》み付かれたらしい。子供達を虐《いじ》めるなと言う事だろう。

だがここは我慢だ、これは子供達自身が選ばなければいけない事なのだから。

いつまでも保護される家畜になるか、それとも共に生きていく家族になるか。

決めるのは子供達だ。

「俺、働く‼」

と、そこで一人の少年が声を上げる。

「マジかよ⁉」

「はした金で使われるんだぜ⁉」

「それでも、姉ちゃん一人に辛い思いをさせるよりましだ！」

「あの、私も働きたいです」

別の少女も声を上げる。すると……

「俺も働く！」

「私も！」

「しゃーねーな、俺も働いてやるよ」

「お前何かっこつけてんだよ」

「ち！　ちげーし！　そんなんじゃねーし‼」

「はいはい」

時折茶々を入れつつも続々と子供達が声を上げた。

気付くとシスターは、俺に噛み付くのも忘れてその光景に見入っていた。

「甘やかすだけじゃなくて、自分で考えさせる事も必要なんだよ」

シスターにだけ聞こえるように囁《ささや》くと、彼女は微《かす》かに頷《うなず》いた。


「それじゃあ、金を稼ぐ為の仕事を皆《みんな》に覚えて貰う」

そう言って俺はカバンから道具と材料を取り出す。宝物庫に入れても良《い》いんだが、治安の悪い下町で貴重な魔法具である宝物庫を見せびらかすのもどうかと思ったんで、あえて普通の袋に入れて持ってきたのだ。

「その方法とは、ズバリ！　紙を作る、だ」

「紙ってあの紙ですか⁉」

ヘッドロックから解放されたシスターが聞き返してくる。

「そうだよ」

「そんな簡単に、紙は貴重品ですよ！　製法も店が秘匿していて、教えて欲しいって言っても教えて貰えるようなものじゃありませんよ‼」

シスターの言いたい事は先日医者達から聞いている。だからこそ製紙業を選んだのだ。

「心配ない。俺が今から教えるのはパピルスと呼ばれる紙の作り方だ」

「ぱぴるすー？」

「変な名前ー」

俺は子供達にもっと近くに来るように言って作業の手順を見せる。

まずは材料、と言ってもこの世界にパピルスは無いので、それに近い物を探す必要があった。

だが探すにも時間に余裕が無いので、そこは知ってそうな人物に聞く事にした。

金になりそうな知識を持っていて、なお且つその情報をタダで教えてくれるような都合の良い人物。そんな人物に一人だけ心当たりがあった。

自立思考管理装置八八八号、通称ミヤだ。

古代魔法文明の遺産、空中研究機関エウラチカの管理者にして今は俺の忠実な僕《しもべ》。

彼女ならこの程度の問題、容易に解決してくれる事だろう。

そうしてミヤに調べさせて判明した素材。それこそがこのデイオンだ。

「材料はデイオンを使う。コイツは水場が近い場所に多く生えるからフラテス河の近くに行けば簡単に手に入る」

デイオンは細い竹のような茎に笹の葉に似た葉が放射状に生えた姿をしていた。

繊維質が多すぎる所為か、硬く筋ばっているので食用には向かず、かといって木のように建材に向いている訳でもない所為で雑草の一種として考えられていた。

より製紙に向いた植物もあったのだが、コイツ以上にコストのかからなくて安全な場所で取れる素材は無かった。だがそれが逆にパピルスを売る為のコンセプトにフィットしていたといえる。

「最初にコイツを四等分に切る。けど、ナイフだと慣れてない奴には危ないからこれを使う」

そういってテーブルに置いた道具の一つを見せる。二〇×三〇cm、厚み二cmくらいの四角い板で両端に取っ手が付いた道具だ。

「これはパピルスメーカー、皆にはコレを使って下ごしらえをして貰う」

パピルスメーカーは真ん中にサイズの違う丸い穴が四つ空いていて、その穴の中に一×二mmの間隔で網戸のように鋼線が張られているのだ。

俺はその穴の中に切ったデイオンを押し込んでいく。すると反対側から細く分割されたデイオンが出てくる。ある程度押し込んだら、後は反対側から出たデイオンを引っ張って端まで切り裂く。

「「「おおー」」」

あっさりと切り裂かれたデイオンに驚く子供達。

「すげー、包丁も使わないのに切れちゃった」

「兄ちゃんすげー！」

「アレがあるとお野菜を切るのに役立ちそうねぇ」

驚く子供達にまぎれてシスターが主婦目線での感想を漏らす。

実はそれ正解です。このパピルスメーカーのカット機能は鋼線でゆで卵を切るタマゴカット（正式名称は知らん）を参考に作っているのだ。

鋼線は刃物と違って触っても怪我をしないので子供達でも安全に作業ができるのが強みである。

「で、次に細くしたデイオンをこのくらいの長さに均等にカットする。そしたらこっちの穴、ここにデイオンの束を差し込むんだ。そしたら取っ手が止まるまで捻《ひね》る」

そう言って今度は側面に空いている穴にデイオンを差し込んで片側の取っ手を捻る。するとデイオンを差し込んだのと反対方向の穴から一〇㎝くらいにカットされたデイオンが出てきた。

この穴にデイオンを入れると途中で壁に当たって止まる。突き当たったら取っ手を捻る。すると中でデイオンを切るための刃物が穴の側面から突き出てデイオンをカット、更に取っ手が止まるまで捻るとデイオンが当たった壁が横にスライドして反対側への穴が開く。カットされたデイオンはその穴から出てくるという構造だ。

カット部は穴の真ん中にあって指は届かないから、安全性は万全ですよ。

大体一〇㎝くらいの長さにデイオンを切って子供達に見せる。子供達も自分で金を稼ぐ為に真剣な表情で見ている。いい傾向だ。

「あとはここからデイオンの皮を取り除く。それが終わったらカットしたデイオンをこっちの細長い穴、スロットにセットする」

今度はカットしたデイオンを側面の一×一〇㎝の細長いスロットにセットしていく。

スロットが埋まったら右端にあるスイッチを押して再び取っ手を回す。

すると今度は取っ手が止まらずくるんと回転する。

「このスイッチを押すと取っ手が止まらず回るようになる。で、デイオンが出るまで回し続けろ」

クルクルと取っ手を回すと反対側のスロットからペラペラに潰《つぶ》されたデイオンが出てくる。

「うわっ！　ペラペラ！」

「どうなってるの？」

ペラペラになったデイオンを見て子供達の興奮はＭＡＸだ。このスロットの中には細い金属性のローラーが仕込んであり、デイオンはこのローラーに挟まれてペラペラになる仕組みだ。更に言うと潰した事で水分も搾り出される。搾り出した水分は横の穴から出てくるので注意が必要だ。

「後はこの桶《おけ》にデイオンを浸《つ》けて一週間置いておく」

「その間はどうするのー？」

子供達が聞いてくる。

「待つ。焦って早く出すとすぐぼろぼろに剥《は》がれちまうから気をつけろ。待つのも仕事だ」

「「はーい」」

子供達が元気に返事をしてくれる。

普通のパピルスなら水に浸けるとだんだん色が茶色になってくるのだが、デイオンはそんな事にはならない。この辺りは異世界の植物だからだろう。

「で、一週間経ったデイオンがコレだ」

俺は別の容器から準備ができたデイオンを取り出す。といっても本当に一週間経った物ではなく、ミヤに命じて一週間経ったのと同じ状態にしたデイオンなのだが。っつーかそんな簡単に時間経過

を再現出来る古代技術パネェ‼

「下に台石を置いてその上に布を敷いてからコイツをこうやって格子状に並べる。この時デイオンの水は絞らないこと。必要な大きさまで並べたら、この石の板を重石《おもし》として上に置く。重石はとりあえず一〇枚あるから一回で一〇枚の紙が作れる。別にこの重石でなくても均等に重さを与える事ができるなら何でも良いが水分を吸収する為に布を挟んでおくように」

そう言って俺は取っ手の付いた石の板と布、そしてデイオンを交互に挟んでいく。まるでハンバーガーを作っている気分だ。

更に重石には仕込みが一つ。水分を抜く為に布の予備が多く必要なのだが、この貧乏教会では大量の布を用意するのは難しいだろう。だから重石の表面には細かいスリットが入っていて水分が側面に流れ落ちるようになっていた。これで必要な布の数を減らすことが出来る。

「後は暫《しば》くこのままにして、最後に干して乾燥させた後、綺麗《きれい》にふちをカットすれば紙の完成だ」

「「「「おおー」」」」

子供達だけでなくシスターまで一緒になって拍手をしている。

「この国の気候の問題もあるから重石を載せる時間と乾燥させる時間についてはお前達が自分で調べて、どのパターンが一番良い紙になるか勉強するんだ」

「「「「はーい‼」」」」

元気良く返事をする子供達にパピルスメーカーを渡すと、子供達は早速パピルスを作る為にデイオンを取りに出かけた。新しく手に入った玩具《おもちゃ》を使いたくて仕方ないらしい。

「こんな簡単に紙って作れるんですね」

アルマが驚いた顔でパピルスメーカーを見ている。

いや、一連の作業を普通にやると、結構な手間だぞ。コイツがあるから簡単に見えるだけだ。

まぁ、俺は日本にある道具を適当に組み合わせて作っただけなんだけどな。

「凄いです！　たった一晩でこんな凄い物を作れるなんて！」

俺にとっては既存技術の再利用なんだが、知らないアルマ達から見れば世紀の大発明に見えているんだろうか？

「あ、あの、借金を立て替えて頂いただけでなく、紙などという高級品の作り方まで教えて頂いて……その、本当によろしかったのですか？」

若干の警戒を含んだ視線で俺を見るシスター。

まぁ会ったばかりの人間にここまで親切にされたら不安にもなるか。

「単なる恩返しですよ」

「それにしても度が過ぎています！　……すみません、助けて頂いたのはこちらだというのに声を荒らげてしまって」

自己嫌悪でヘコむシスター、美人の憂い顔というのも良いものだ。

「俺は以前、人に裏切られて死に掛けた事がありましてね」

思い出すのも腹立たしい、あの男の事を思い出す。

「でもある人達に助けられたんです。だからかな、人を騙《だま》したり裏切ったりする奴が一層大っ嫌いになったんですけど、でもその分優しくされたらその恩に報いたくなったんですよ」

シスターを安心させる為にちょっと大げさに言ったけど決して嘘ではない。コレというのも子供の頃から聞かされ続けた爺《じい》ちゃんの口癖「恩には義を以《もっ》て応えろ」の言葉があったからなのかもしれないな。

「恩、それに……騙す……」

なにやらシスターが思い詰めた顔をしている。俺の言葉に何か思う所があったのだろうか？

「その、私には貴方《あなた》にお返しできる物が何もありません。ですが立て替えて頂いた借金と共にこのご恩は必ずお返し致します」

「あんまり気張らずに、今は子供達の食費を確保する事に専念してください」

「は、はい！」

「それで紙の販売についてなんですが……ある程度は道具がカバーしてくれますが実際に作るのは子供なので精度は期待できません。その分安くして値段で勝負します」

「わかりました‼」

この後、大量のデイオンを抱えて帰ってきた子供達がパピルスメーカーを問題無く使えるのを確認してから俺達は城への帰路についた。

こうして下町の片隅にひっそりと建っていた潰れかけの教会は、無事子供達を養う事ができる様になったのだった。

◆

「少年に仕事を頼みたいのだ」

突然俺の部屋にやってきたバクスターさんはそう言った。

「仕事ですか？」

「そうなのだ、実は東の町で発生した流行病《はやりやまい》なのだが、未《いま》だに沈静化する事無く猛威を振るっていてな。とうとうこの王都にも近づいてきたのだ」

バクスターさんが困惑した様子で告げる。ダーヅが言っていたアレか。

そういえばアルマを治療しに来た時に医者達も同じようなことを言っていたな。アレから結構時間が経っているが、まだ流行が収束していなかったのか。

地球ならマスコミがパンデミックとか言って大騒ぎしそうなもんだが、幸か不幸かファンタジー世界では情報の伝達が発達していないお陰で大騒ぎにはなっていないみたいだ。

「危険な病でな。病に罹《かか》れば三割の確率で死ぬと言われている程だ。だが数年前に開発された特効薬を飲めば、病が発症してもまず死ぬ事はない。しかもこの薬は予防薬にもなる優れものだ。しかし病が王都まで押し寄せれば、多くの人が薬を求めて医者と薬師の下に詰め掛け大変な事になるだろう」

そうなれば王都は混乱必至、薬の数にも限りがあるだろうから薬の奪い合いになる恐れもあるか。

「教会の司祭殿からも信者の為にと直々に頼まれていてな。薬が多くの人に行渡るようにと、薬屋だけでなく教会でも販売してくれる事になったのだ。陛下としても王都に危険な病が流行るのは避けたいと仰《おっしゃ》っている。そこで国に勤める医師や薬師だけでなく、市井の薬師にも治療薬の作製を依頼する事にしたのだ。そう言う訳なのでな、少年にも薬作りを手伝って欲しいのだ」

手伝って欲しいと言う事は強制ではないのだろうが、今後の事を考えると手伝ったほうが良さそうだ。……でもコレって選択肢があるだけの実質的な強制イベントではないだろうか？「いいえ」を選ぶとゲームオーバーしたり、選択肢が延々ループし続ける類いの。

「分かりました。自分の未熟な腕でよければお貸ししますよ」

「おお助かる！　なに少年の腕なら余裕だ！　薬のレシピはコレだ、材料は城の薬草庫にある。足りなければ城下町で買うといい。その際は貴族の指輪を見せて国に代金を請求する様伝えたまえ」

貴族の指輪、いわゆる身分証明書みたいな物だ。貴族として爵位を貰《もら》った際に渡された品で、コイツにも貨幣と同じような偽造防止処理がしてある。

何でもこの指輪は数に限りがあり、指輪の数がそのまま国の貴族の人数になるらしい。

「それではよろしく頼む。少年のノルマとしては、五日で五〇も作ってくれれば十分だ」

結構多くないですかねぇ。

「何しろ王都だけでも結構な数の人間がいる。それに周囲の町や村にも供給できる量がいるのだ。薬師と薬の数は幾らあっても足りないのが現状だ」

「分かりました」

あとでミヤに頼んで薬を量産して貰おう。時間は有効に使わないとな。

その後、俺は薬草庫で薬を作る為の薬草を貰いせっせと薬作りに精を出すのだった。

◆

三日後。

「確かに五〇個。良い出来だ、流石少年だな」

「恐縮です。バクスターさんのレシピが良かったからですよ」

「謙遜《けんそん》だな。弟子達に同じレシピで薬を作らせているが、少年の作った薬に匹敵する物を作れる者は多くない。いや本当に少年の師匠が生きている内に会えなかったのが悔やまれる」

で、そこに戻るわけですか。

ほんとバクスターさんはウチの師匠推しですなぁ。

「ところでこれ、ちゃんと王都の人達に行渡りますかね？」

「どうかな、全員は無理だろうな」

割とシビアな答えを返して来るバクスターさん。

「値段の吊《つ》り上げや買い占めとか流行りそうですね」

買い占めは冗談だが、値段の吊り上げはマジでありそうだよな。

「いや、此度《こたび》の流行病は危険だからな。民に薬が行渡る様に値段は国が定めた価格にせよと厳命してある。そして薬を買い占めて客の足元を見る様な商いを考える連中が居たら、即役人にひっ捕らえられるから問題ない」

俺の考えを読み取ったらしいバクスターさんが説明をしてくれた。やはり昔からセコイ悪事を働く小悪党は居たようだ。

「では早速この薬を城下町の薬屋と教会に届けて欲しい」

「俺がですか？」

「うむ、今回は流行病対策として、特別に国と教会が共同して薬を作ったが、実際に売るのは市井の薬屋と教会の支部だ。本来なら運搬など雑用係の仕事なのだが、少年も王都の薬屋と懇意になっておいて損はあるまい。錬金術の素材も置いているので丁度良《い》いだろう」

どうやらバクスターさんなりに気を使ってくれているみたいだ。

確かに薬屋と仲良くなっておけば材料の調達など、無理も利きやすいだろうし、受けておいて損はなさそうだな。

「分かりました、お受けします」

「おお、助かる。コレが少年に配達を担当して貰う予定の教会と薬屋の場所をメモした地図だ。この赤い丸が薬屋と教会で、青い丸が美味《うま》い食事の取れる店だ」

何気に気を使う人だな。

◆

城の外に出ると、視界は一面が白色に埋め尽くされていた。

「今日も凄《すご》い霧だな」

さっきまで城の中にいたから外の様子には気付いていなかったが、これは先日よりも濃い霧だぞ。

やはりこの国は霧が立ちやすい気候なのか。

「ホントすごい霧ですね。でも霧の中のデートというのも楽しみです」

「ああ、美味《うま》い飯屋もあるみたいだし、帰りにあの教会にも寄っていこうか」

「はい！」

「……」

気がつくとまたアルマが気配を感じさせずに付いて来ていた。この娘は忍者か何かなのか？

アルマは付いて来る気満々らしく、追い返してもまたこっそり付いて来そうだ。

やっている事がフィリッカと同じ辺り姉妹だといわざるを得ない。

ゴーレムに付いて来るなと命令する事は簡単だが、その場合歩いて付いて来そうでヤバイ。

そして途中で力尽きて俺を見失い、迷子になって大騒ぎなんて事になったら洒落《しゃれ》にならん。

それならいっそ視界に入る場所で見張っていた方がいい。

まったく、まるでハイハイが出来る様になってそこら中を歩き回る赤ん坊みたいじゃないか。

ああ、でもそれも仕方がないか。アルマは生まれた頃からハイハイすら碌《ろく》に出来ずにベッドの上で過ごしていたのだから、じっとしていられないのも無理からぬ事かもしれない。

はぁ、仕方ないな。

「どうしましたか？」

「なんでもない」

そう言ってアルマの頭を撫《な》でてやる。撫でられたアルマは心地良さそうに目を細めた。

◆

「ではこちらの書類にサインをお願いします」

指定された薬屋に薬を卸した俺は、店主の老婆に受け取りのサインを書いて貰っていた。

「はいはい、書けましたよ」

「確認しました」

受け取った書類を確認して懐にしまう。

「それにしても、噂の子供貴族様って言うのは本当に子供なんだねぇ、ひひっ」

老婆が俺をまじまじと見て面白そうに言う。

「何故俺だと？」

すると老婆は愉快そうに笑う。

「噂の子供貴族様は白衣がトレードマークなんだってさ。皆言っていたよ。ひひひひひひっ」

しまった、防具として有用だからいつも着ていたが、まさかコイツが目印になっていたとは。

まぁ日本でも白衣の人間が街をうろついていたら目立つわな。奇怪な衣装ばかりのファンタジー世界だから油断してたわ。

「ひっひっひっ、久しぶりに珍しいモノを見たから、コイツはサービスだよ」

そういって老婆はカウンターに置かれていたビンを開けて、中から表面がざらついた球体を二つ取り出して俺達に渡す。

「コレは？」

「コイツは口に含むと幸せな気分になれる薬さ」

おい待て、その説明は危険すぎる。

「材料は砂糖だよ」

飴《あめ》じゃねーか。

「美味《おい》しいです、ありがとうございます、おば様」

全く警戒もせずに口に入れるアルマ。見ていてハラハラする。

今ほど『鑑定』スキルが欲しいと思ったことは無い。おのれカイン、次会ったら絶対殺す。

「ひっひっひっ、子供がアタシの作った薬を美味しそうに舐《な》めているのを見ると良ーい気分になるよぉ」

只《ただ》の子供に優しいババァじゃねぇか！　……って飴？

「……あ！」

「どうかされたのですかクラフタ様？」

突然声を上げた俺に驚くアルマ。

「ああ、悪い。えっと、すみませんけどコレを、えーと二〇個ほどお願いしたいんですけど」

そう言ってビンの中の飴を指差す。

「はいはい、二〇個ね、銅貨八枚ねぇ」

結構高いな。いや、昔は砂糖は希少だったわけだし、土地によって値段が違う事もあるだろう。

「あ、教会の皆さんの分ですね」

アルマが目ざとく気付く……って、まぁ分かるか。あいつ等仕事をしても飴玉一個くらいの金しか貰えないってぼやいてたしな。

「おや？　あんた達、シスターの所に行くのかい？」

今度は老婆まで会話に入ってきた、ってあれ？

「なんでシスターの所に行くって分かったんですか？」

俺が不思議に思って聞くと老婆は笑いながら答える。

「そりゃあアンタ、それだけ沢山飴を土産に持ってく程子供が居る教会なんて、この辺にはシスターの所の教会しか無いからさぁ」

なるほど、地元民にはバレバレだった訳か。

「懐かしいね、あの辺は昔はそりゃあ治安が悪かったんだよ」

今でも十分悪い気がするのだが、それ以上とは随分と世紀末な治安だったと見える。

「今は昔と比べてかなり治安が良くなったんだよ。それもこれもログ坊が危ない連中を纏《まと》め上げてるお陰なのかもねぇ」

ログが？

「そこら辺詳しく」

「……」

俺が続きを促すと老婆はちらちらと店の商品を見る。続きを聞きたきゃ何か買えって事か。俺は適当にその辺にある商品をのぞくと一つのビンが目に入った。

その中にはオレンジ色の粉が入っており、ファイアラットの粉末と書いてあった。

ファイアラット、火鼠か。確かかぐや姫の昔話にも火鼠の皮衣とかいうのがでてきたっけ。

「えーと、じゃあこのファイアラットの粉末を一ビン下さい」

「はいよ！　金貨三枚ね。コレは火属性の攻撃を緩和する上級薬の材料だから大切に使うんだよ」

老婆が満面の笑みで金貨を受け取る。どうやら老婆の予想以上の品を買ってしまったらしい。

結構な出費だったがまぁいい。それにしても火属性の攻撃対策か。いつかカインとの戦いが来た時の為に薬を作っておくのもいいだろう。そう考えれば悪くない出費か。

「ログ坊はねぇ、教会のシスターにぞっこんなのさ」

ほほう。

「あの二人は元々、ある貴族の屋敷で働いていた使用人の子供だったのさ。二人は幼い頃から兄妹《きょうだい》同然に育って何をするにも一緒だったそうだよ」

おや、これは意外な身の上だな。

「けれどそこの貴族の跡継ぎである長男が両親と一緒に事故で亡くなって、跡目争いが勃発《ぼっぱつ》したのさ。三男は人としては褒められたもんじゃなかったそうだけど、とにかく人を取り込む事に長《た》けていたそうだよ。それで教会や商人組合の幹部といった有力者を抱きこんで瞬く間に跡継ぎの座を手に入れたのさ。そんで次男は使用人共々追い出されちまった訳だよ」

人に歴史有りだなぁ。そりゃあひねくれるのも無理ないか。

「それで二人はどうして孤児になってしまったんですか？」

アルマは興味津々な様子で老婆の話に夢中になっている。女の子はこういうの好きだなぁ。

「次男は特別優秀じゃなかったそうだけど、人を大切にする優しい人で家臣だけでなく領民からも慕われていたらしいよ。三男側についた家臣達にも次男のほうが人の上に立つ資格があると噂されていたそうだからね。だから三男はいつか次男が領民を味方につけて自分に復讐《ふくしゅう》する日が来る事を恐れ、追い出した次男に追っ手を差し向けたんだ」

なんともよくある感じの被害妄想だな。

「けど次男側についた家臣達は皆忠義者ばかりだったらしく、追っ手から次男を守る為に一人また一人と犠牲になっていったのさ。そして最後に残ったのは次男と使用人の子供の三人だけ。せめて子供達だけは守りたいと教会の神父に二人を託して自分は囮《おとり》となって追っ手に殺されたそうだよ。命を張ってまで自分を守った使用人に報いたかったのだろうね」

この老婆何でそこまで知ってるんだろうか。

「悲しいお話ですね」

しかしそうなると、ログが荒くれ者を纏めているのもシスターの為であるのと同時に追っ手に対抗する為なんだろうな。シスターはたった二人だけ生き残った実の妹みたいなモンだろうし、自分だけ別の土地に逃げないのも、シスターを借金でがんじがらめにして傍に置こうとしたのも、シスターを追っ手から守る為だったのかな。だとしたら悪いことをしたなぁ。

「ところで、何でシスターはシスターなんですか？」

「は？」

突然のアルマの謎発言につい声が出る。

「いえ、あの人、ログ……さんもシスターの事をシスターと呼んでいました。でもそれだけ親しい間柄なら名前で呼んでもおかしくないのでは？」

あー、確かに。そう言われればそうだな。

「そういやアタシも知らないねぇ」

老婆も不思議そうに首をかしげる。

「そんなに二人の事情に詳しいのに知らないんですか？」

「アタシャ茶飲み友達の教会の神父に聞いたから知ってるだけさぁ。でもあの娘《こ》は昔からシスターって呼ばれていたからねぇ」

まぁ妥当な線としては追っ手に名前を知られたくなかったか？　でもログは普通に名前だよなぁ。

「……次の配達先に行くか」

飴の礼を言って店を出ようとした時、婆さんがポツリと呟《つぶや》く。

「そうそう、子供貴族様は魔法具狩りには気を付けなよ」

「え？」

聞き返そうとしたが婆さんは、あっという間に店の中に引っ込んでしまい、そのまま聞きそびれてしまった。婆さん足速《はえ》ぇ。

◆

「ああ、魔法具狩りね。最近噂になってるよ」

薬を届け終えた俺達は、シスターの居る教会に向かう前にバクスターさんお勧めの店で昼食を取る事にした。

で、料理を運んできた看板娘……というにはトウの立ったオバさんに魔法具狩りについて知っているか聞いてみた。客商売なら色々と噂話に詳しいんじゃないかと思ったのだ。

「魔法具狩りは言葉通り魔法具を狙っているみたいで、冒険者だけでなく魔剣とかを持った騎士様の下にも現れるみたいよ。なんでも自分の持っている魔法具とどっちが強いか勝負を挑んでくるんですって。で、負けたら魔法具を奪われるとか」

うーん、弁慶と辻斬《つじ》りをごっちゃにしたような奴だな。

「でも魔法具を持たない冒険者を襲う事もあるみたいで、冒険者狩りとも呼ばれているのよ」

「冒険者狩り?」

魔法具を持たない相手を狙う冒険者狩りねぇ、まさか犯人はアイツじゃ……

俺の脳裏に忌々しい魔法使いの姿が思い起こされる。

「魔法具狩りと冒険者狩りって別人なんじゃないですか? 同一人物にしては行動がブレているような」

「最初は皆《みんな》そう考えたらしいんだけど、複数の町で魔法具狩りと冒険者狩りが両方現れたらしいのよ。だから騎士団は、同じ人間が自分と特定されない為にわざと手口を変えてるんじゃないかって考えてるみたいよ」

騎士団の情報筒抜けですねー。

「なんでも人気《ひとけ》の無い所で背後から突然襲われたって話でねぇ。ひどい時には身ぐるみ剥《は》がされただけじゃ済まなくて黒焦げになっていたとか」

黒焦げ……か、ますますアイツを思い出させる。アイツも火の魔法は使えないとか言っときながら、中級火魔法であるフレイムヘルで俺を殺そうとしたし、同一人物の可能性は十分にある。アイツはスキル狩りをしていた訳だが、奪うモノがスキルだけとは限らない。奪ったスキルを活用して、貴重な魔法具を奪っている可能性も十分考えられる。

「黒焦げって事は殺されたんですか?」

「みたいよ」

殺したり決闘したり支離滅裂だな。弱い奴相手には正面から挑んで、勝てそうにない奴は闇討ちって訳か。だがカインだったら正体がバレたくないだろうから正面から挑むなんて事は無い筈《はず》だしやはり別人なのか？　それとも複数犯の物取りの仕業で手口が違うのは個人の趣味とか？

「そこまでして冒険者を狙うとか訳が分からんなぁ」

「それでね、そいつは今アルマ姫様のご病気を治したって評判の子供貴族様の魔法具を狙ってるみたいなのよ‼」

「へ？」

俺？

「何でも子供貴族様が世にも珍しい空飛ぶ魔法具を持っている事を聞き付けて狙っているらしいのよぅ！　だからこの辺じゃ、子供貴族様の事を聞いて回る怪しい男を見たって評判なのよ。子供貴族様はいつも白い服を着てるからすぐ分かるって噂もあるしねぇ。そういえばアンタも白い服を着てるけど、子供貴族様にあやかったのかい？」

「え、ええ。まぁ、そんな所です」

白衣がマジで噂になっとる。

「あはははははっ！　白い服着たって子供が貴族になれる訳じゃないのにねぇ。知ってるかい？　今王都では子供に白い服を着せて、薬師や医者へ弟子入りさせるのが流行《はや》ってるんだってさ」

うわー、何か人気アイドルやモデルの格好を真似するパンピー達を思い出すんですが。

「と、ところで魔法具狩りってどんな奴か分からないんですか？」

「え、そうねぇ、確かローブを着た魔法使いだったとか……」

「⁉」

まさか本当にカインが⁉

「斧《おの》を持った山賊とか、槍《やり》を持った美人とか、幼女のエルフとか、体中に剣を突き刺した子供とか……」

全身の力が抜ける。結局分かってないんじゃねぇか。っつーか最後のは怪談の領域だろ。

しかしそうか、そいつは武器以外の魔法具も狙うのか。

となると狙いは俺の飛翔機《ひしょうき》フューゲル号か？　王都に来た時相当目立ったからな。

相手が弁慶みたいな武器狩りをしているから武器専門だという先入観に囚《とら》われてしまっていたみたいだ。

「けどそいつはなんでそんな面倒な方法を取るんだろうな？」

後ろから襲って魔法具を奪ったかと思ったら、自分の魔法具とどっちが強いか勝負する事もあるとか、只の強盗なのか腕自慢の弁慶気取りなのか良く分からない奴だ。

「もしかして、自分の手に入れた魔法具の力を試したいだけなのではないですか？」

黙々とケーキを食べていたアルマが会話に加わってくる。ほっぺたにクリームをつけた顔で。

「試したいだけって言う根拠は？」

ほっぺたのクリームを拭《ぬぐ》ってやりながら質問すると、アルマは顔を赤くしながら答える。

「は、はい！　聞いていた限りですと、お金の為に戦っているとは思えません。ですから、正面から戦いを挑んできた際の言葉が真実なのではないでしょうか？」

自分の持っている魔法具とどっちが強いか……か。

つまり自分が遺跡から発掘した古代の魔法具によほどの自信があって、それを見せびらかす為に戦っているとか？

「けど、それだと後ろから襲うってのが分からんなぁ。やっぱ複数犯か？　実際に会ってみんと何ともいえんな」

「そうですね」

会わないに越したことは無いけどな。

◆

「相変わらず霧が濃いな」

店を出て教会に向かう俺達だったが、心なしか更に霧が濃くなっているような気がする。

迷いそうな霧の中を先日の記憶を頼りに進むと、教会の前に人だかりが出来ていた。

「何かあったのでしょうか？」

アルマも不穏な空気を感じたのか不安げだ。

「……あれだろ例の流行病……」

「マジかよ!?　……教会の孤児か？」

下町の住人達の声がどんどん不穏な空気を掻《か》き立てる。

教会の前に到着する。不思議な事に教会の周囲には人だかりは無く、まるで教会を囲む様に見えない壁がそそり立っているかのようだった。

住民達は近づくのも恐ろしいと言わんばかりに、文字通り遠巻きに教会を見ている。

けれど俺達は躊躇《ちゅうちょ》無く教会の中に入っていく。

「お、おい！　教会の中には東の町で流行っている病気に感染した孤児がいるぞ！」

遠巻きに見ていた野次馬が俺達に声を掛けてくる。

「大丈夫です、俺達は予防薬を飲んでいますから」

「よ、予防薬？　そんなのあるのか⁉」

「ええ、王都中の薬師達が作った薬が町の薬屋や大通りの教会に卸されていますから、今から買いに行けば充分間に合いますよ」

「ホントかよ！　だったら早く買いに行ったほうが良《い》いんじゃないか？」

「だな、教会のガキが病気に罹《かか》った以上いつ俺達に感染《うつ》るかわかんねぇしな」

病への不安を口にしながら薬を求めて離れていく野次馬達。

イマイチ納得いかんが、これで国や教会の狙い通り流行病の感染者数は大きく減るだろう。

そして感染者が少なくなれば自然に病の流行も収まっていく。

「さ、俺達は教会に入ろう」

「はい！」

何故か妙に気合の入った返事をするアルマだった。

◆

教会の中、礼拝堂に入ると、俺達の姿を見つけた子供達が群がってくる。

「どうしよう兄ちゃん！　オランが病気になっちゃったよ！」

「東の町の病気だって」

「死んじゃうって大人達が言ってたよ！」

「落ち着けお前ら」

オランというのは子供達の中で一番元気な少年だ。先日もメンコ遊びでは一番上手《うま》く相手のメンコをひっくり返していた。

まさか一番元気のいい奴が病に罹るとは。

「とにかく薬を用意しないと……ってここの教会には流行り病用の薬が届いていないのか？　教会には販売用の薬が届けられている筈だが」

「知らないよ」

「誰も来なかったよ」

おかしいな、俺が配達を頼まれた地区とは違ったから、てっきり他の担当の人が届けていると思ったんだが。

ああ、そういえばこの教会は切捨対象な訳だし、わざと薬が配給されなかったのかもしれないな。

しまったな、予備の薬を作っておくんだった。

「今なら他の地区の薬屋か教会に行けば仕入れたばかりの薬を売ってる筈だ」

配給されなかったのが意図的だったとしても客として買いに行けば売って貰《もら》えないという事はないだろう。

「俺買ってくる！」

「馬鹿、俺達金無いだろ！」

「あっ！　ど、どうしよう⁉」

子供達がちょっとしたパニックになる。紙作りもまだ始めたばかりで肝心の売り物が無い状態だ。

紙が完成するまでまだ数日かかる。だがそれまで待っていられないのも事実だ。

「落ち着きなさい‼」

礼拝堂に凛《りん》とした声が響く。アルマの声だ。

「クラフタ様、申し訳ありませんが教会の皆さんのお薬代を貸して頂けませんか？」

「ん、分かった」

「貴方《あなた》達で手分けをして全員分の流行病の薬を買ってきて下さい」

テキパキと子供達に指示を出すアルマ。なかなか堂に入《い》っている。

「わ、分かったよ。ありがとう兄ちゃん達」

「行ってきます！」

薬代を持った子供達が外に飛び出していく。

「霧が濃いから気を付けろよ！」

「この辺は俺達の庭だぜ！　こんな濃い霧は初めてだけど余裕だよ！」

ふむ、彼らの言葉から察するにこの霧は地元民にとっても珍しいみたいだな。

「はぁ、大きな声を出してすみませんでした」

アルマは大声を上げた事を恥ずかしがって顔を隠す。さっきまで子供達に指示を飛ばしていたとは思えない落差だ。

「恥ずかしがることは無い。いい判断だったよ」

そう言って頭を撫《な》でてやると、アルマは顔を真っ赤にしてフニャフニャになってしまった。

「はふぅ」

「まずはオランの様子を見に行くぞ」

そう言って教会の奥に入っていく。


「オランの様子は？」

教会の奥、オランと子供達の暮らす部屋に案内してもらうと、そこにはシスターを始めとした数人の子供達がオランを看病していた。

「え？　あ、貴方達！　い、いけません、病気が感染りますからすぐに帰ってください‼」

俺達の姿を見たシスターが慌てて通せんぼをする。

「落ち着いて、俺達は予防薬を飲んでいるから感染りませんよ」

「え？　そうなんですか？」

「今、他の子達がお薬を買いに出かけています。ですから安心してください」

アルマが優しく微笑むと看病をしていた子供達がほっとした顔を見せる。

「でも、薬を買うお金なんて……！」

すぐにその理由に思い至ったシスターが俺の顔を見る。

「また、貴方がお金を融通してくれたんですね」

「命がかかってますから、後の事は後で考えればいい」

「本当に、何度もご迷惑を掛けて申し訳ありません」

シスターは申し訳なさ全開で頭を下げてくる。

「気にしないで。それでオランの症状は？　いつから具合が悪くなったんですか？」

「はい、ここ数日元気がないと思っていたんですが、昨夜急に熱を出して苦しみだして」

ということは感染したのは数日前か。バクスターさんの話では感染して二、三日くらいで全身を倦怠感《けんたいかん》が覆い、また二日ほど経つと症状が現れるらしい。ピークは症状が現れてから三日、昨晩症状が現れたという事はあと二日が山か。

幸い今なら薬も売ってるし、最悪の事態は避けられるだろう。

と、思っていたのだが、事態は思っていたよりも面倒な事になっていた。


「大変だよ兄ちゃん！」

シスター達とオランを看病していた所に、薬を買いにいった子供達が戻ってくる。

「どうした？　随分遅かったが薬は買えたのか？」

「駄目だった！　どこにも売ってなかったんだよ‼」

売ってなかった？　そんな馬鹿な、王都中の薬師が作ったんだぞ。今日一日で売り切れるような量じゃない筈《はず》だ。

それに王都で感染者が出たなんて話は聞いてない。さっきの連中からオランの話を聞いたとしても、王都中の薬屋に人が殺到するには早すぎる。どういうことだ？

「俺達知ってる限りの薬屋に行ったんだけど、どこにも売ってなかったんだ。そしたら、最後に寄った薬屋の婆さんが、仕事場で沢山の人が病気になったから薬が沢山いるって買い占めていった人が居た、って言ってたんだ！」

「他の店も、同じ事言われて買い占められたらしいんだ」

コレはもしかして……「転売」か？

日本でもやっかいなインフルエンザが世界的に流行した時に、大量のマスクを買い占めて儲《もう》けた奴がいた。

だが買い占めるのが薬なら話は別だ。命がかかっている以上確実に金になる。

とはいえ今回の薬は転売が出来ないように役人達が目を光らせている筈だ。

だとすればどうやって転売する気なんだろう？

病気が流行っている間しか売れないし、あまり派手に売るとバレる。生物《なまもの》だから宝石と違って寝かせておく事は出来ない。

「んー？　景気の悪そうな顔をした連中ばかりじゃないか」

と、そこに突然現れたのは先日のヤクザのボスだった。

「ログ！　こんな時に何をしに来たんですか!?」

強い声音で叫んだのはシスターだった。やはり二人は結構親しい間柄なようだ。

「そんなに怖い顔をするんじゃねぇよ。見舞いだよ見舞い、ガキが流行病《はやり》に罹ったんだって？」

「随分と耳が早いですね」

「部下に耳が良い奴がいるんでな」

シスターの言葉をのらりくらりとかわすログ。けど、裏の事情を知っているともうツンデレにしか見えないなぁ。

「薬が欲しいか？」

「っ！　貴方、持っているんですか!?」

「危険な流行病って聞いたんでな。それなりの数はそろえてある。ウチは部下が多いからな」

ああ、さてはコイツが買い占めの犯人か。オランが病気になってから来るとか隠す気無さ過ぎだろ。

「買い占め転売は捕まりますよ」

だがログは俺の揺さぶりに引っ掛かるそぶりも見せない。

「耳が早いな坊主。だが俺は部下が飲む為の薬を買っただけだ。その内の一つをシスターに渡そうとしても犯罪にはならんだろう？」

確かに。転売する所を押さえなければ犯罪の証拠にはならない。っつーか、もしかして子供達の分も買い占めたっていうのが本当の所なんじゃないのか？　マジツンデレ？

「俺が言いたい事は分かっているだろう？　部下の分をお前が譲って欲しいというのなら、転売の罪で捕まらないように無料で譲ってやってもいいぜ。だが他のガキの分まで欲しいといわれると、こっちも困るなぁ」

ログが言外に対価を要求する。

コレは先日の光景の焼き直しだ。金の代わりに薬に置き替わっただけの光景だ。

ならばシスターがとる道もまた同じ。でも事情が分かると安易に止めて良いものか悩むなぁ。

「分かりま……」

「従う必要などありません！」

だが先日の光景は再現されなかった。意外にもシスターを止めたのはアルマの声だった。

「そのような卑劣な方に従う必要などありません」

だがログは不敵な表情でアルマに語りかける。

「だったらどうするんだいお嬢ちゃん？　薬が無けりゃガキは死ぬぞ？」

アルマもまた動じる事無く答える。

「問題ありません、薬が無ければ作ればいいのです」

「へぇ、薬師に伝手《つて》があるって訳か。なるほどそりゃ自信満々な訳だ。いいだろう今日の所はお嬢ちゃんの顔を立てて引いてやるよ」

意外にもあっさりとログは引いた。

「無事に薬を作れると良いな」

と思っていたら、なにやら不吉な言葉を残して去っていきやがった。買い占め以外にも何か仕込んであるのだろうか？

「しっかし、知り合いだったんですねぇ」

俺の言葉にシスターが頷《うなず》く。

いまさらだが、ココは知らなかった振りをしてシスターに直接事情を話して貰おう。

「彼は私と同じ孤児で、物心ついた時からずっと一緒だったんです。何をするにも一緒で本当の兄《きょう》妹《だい》のようでした。彼が居てくれたお陰で私は生きてこられました。やがて教会の神父様に拾われて……あの頃が一番幸せだったかも知れません。彼は本当に優しい良い子だったんですが、ある日突然教会から出て行ってしまったんです」

俯《うつむ》いてため息を吐くシスター。久々に会った兄がヤンキーになっていた様なものだろうか？

「シスターさん、私達が責任を持ってオラン君のお薬を用意いたします。決してあのような方に膝《ひざ》を屈しないでください」

「は、はい……」

アルマの勢いに押されたシスターが思わず頷く。

ところで薬を作るのって……

アルマが上目使いでこちらを見る。

「あの、クラフタ様……勝手に決めてしまってから言うのも大変申し訳ないのですが……皆さんの分のお薬を作って頂けませんか？」

ですよねー。

「って言うか、二人の関係はアルマも理解してるんだろ？」

「そうなんですけど、でもあのやり方は認められません！」

シスターに聞こえないように小声で声を張り上げるアルマ。超器用。

アルマはログの、足元を見るやり方が気に入らなかったようだ。もっと素直に助けられないのかと言いたいんだろうな。でも男には素直になれない時と言うものがあってだな……

「……分かったよ」

「っ！　ありがとうございます」

そう言ってはにかんだような笑顔を見せるアルマ。この顔はズルい。

しゃーない、ちょっくら頑張りますか。

「まずは材料を集めないとな。一旦《いったん》し……家に帰るぞ」

「はい！　お手伝いします‼」

◆

「材料が無い⁉」

王城の薬草庫に薬の材料を貰いに来た俺達だったが、モノの見事に当てが外れた。

「はい、今回の流行病の薬を作る為に必要な材料は全て使い切ってしまいまして」

薬草庫の管理人が申し訳なさそうに頭を下げる。

「どうしましょう……」

コイツは参った。ここが最後の希望だったんだが。

と言うのも、王都には薬の材料が一欠片《かけら》も売っていなかったのだ。

薬のときと同じく、何者かが王都中の材料を買い占めて行ったらしい。

おそらくログ達の仕業だ。シスターを手に入れるためとはいえ、よくもまぁコレだけの無茶をしたもんだ。結構な出費だっただろうに。

となると、改めて材料を集める必要があるか。

「材料になる薬草の生息地は分かりませんか？」

「そうですね、このあたりですと、カネスフェ高原ですね。ですが、今回の騒動で相当量の薬草を採取したので今は採取禁止になっている筈です」

それは困った。

近隣の生息地に生える薬草は手当たり次第に採取したらしく、新しい薬草を手に入れるには遠方まで行かなければならない。

だがオランの体を考えると悠長に探す訳にも行かない。

「となれば、空か」

一度空の研究所に出向き、薬草園に必要な薬草が無いか調べてみよう。

目的地を決めた俺はさっそく城の外に向かう。

「クラフタ様、どこへ行かれるのですか？」

後ろからアルマが付いてくる。

「薬草を取りに遠出する。遅くなるからアルマは留守番だ」

「私も……」

「あれー？　どうしたの？　そんなに急いで？」

俺に付いて来ようとしたアルマの声をさえぎるように現れたのはフィリッカだ。

いつものように動きやすいキュロットを穿《は》いている所を見ると、この濃い霧にまぎれて抜け出すつもりなのだろう。

「お前、また抜け出すつもりなのかよ」

「ちーがーいーまーすー、ちょっと気分転換ーっ！」

逃げる事には変わらないじゃないか。

「霧が濃くて危ないからやめとけ」

「えー！　……そういう君こそどこへ行くのよ？」

お前はどうなんだと目を細めて聞いてくるフィリッカ。

「別に詰まらん用件だよ。薬の材料を取りにいくだけだ」

「薬って東の町のアレ？」

「そ、アレ」

割と勘が良《い》いなコイツ。それとも世情をかんがみて答えを出したのか？　だとすれば結構凄《すご》いんだが。

「でもその薬ならもう必要量を作り終えたんでしょ？」

「王都の分はな。実際には国家の一部しか賄えてないし、そもそも王都の分ですら買い占めが起こってる。まだまだ数が足りんのよ」

「という訳で、材料を調達してくるんで留守番よろしく」

「はーい」

意外にもフィリッカはおとなしく返事をした。

いつもこうなら楽なんだけどな。

第二章　「霧の元獣」

「うわ、何だコリャ⁉」

薬の材料となる薬草を手に入れる為、外に出た俺だったがあまりの霧の濃さに驚いた。

さっきよりも更に霧が濃くなってるじゃないか。

コレは霧の出ていない所まで行かないと飛翔機《ひしょうき》で飛んでいくのは危険すぎるな。

「おやマエスタ男爵、お出かけですか？」

「クヴァル名誉男爵、ええ、ちょっと薬草を取りに」

この人は王都に来た時に俺とフィリッカを出迎えてくれた竜騎士で、名前はクヴァルさんと言う。

たまに王城の訓練場で鍛錬をさせてもらっているので、それなりに見知った相手だ。今日のクヴァルさんは騎士鎧《よろい》を着ていないから非番なのだろう。

「クヴァルで良いですよ」

「ではこちらもクラフタと」

「いえいえ、未来の王族にそのような失礼は出来ません」

「それ、確定事項なんですか？」

アルマとの婚約が発表された事で周囲には俺が王族の一員になるのではないかと噂が立っていた。

通常、王族の娘が他の貴族と結婚する際は、降嫁と言って王位継承権を放棄するなどして一般人となる……らしい。まぁ一般人と言っても王族であるし貴族である事には変わりないわけだが。

だが極まれに一般人が王族に婿入りする事もあるそうだ。

大抵は英雄と呼ばれるほどに比類なき活躍をした人物が、反旗を翻したり他国に引き抜かれたりしないようにする為の懐柔策らしい。もっとも、王族になっても王位継承権はもらえないが。

どちらかというと、結婚する王族の方の王位継承権を残す為の措置という考え方のほうが強いそうだ。だからアルマが王位継承権を放棄するのか否かが貴族達の間で注目を浴びているわけなのだ。

「非公式な情報ですが、上の方では既に決定事項と言われていますね、あくまで噂ですが」

噂を強調するなぁ。

「噂ですか」

「ええ、噂です。大臣達は噂を流す事で外堀を埋めるつもりなのでしょう」

「外堀と言うのは？」

「恐らくですが噂を流す事で反対派の炙《あぶ》り出しをしているんです」

「反対派ですか」

ああ、そりゃ当然いるよな。元平民の子供を王女の婚約者にするなんて自分達の血を何より重視する類いの貴族にとっては許し難い事だろう。

「王家がそこまでして囲い込む相手にどれだけの価値があるかを考えられないあたり哀れですね」

クヴァルさんは困ったものだと笑うがこちらは笑えない。そういう連中は何をするか分からないからな。間違っても毒を盛られるのだけは勘弁だ。あと刺客とかな。

「でも反対派を炙り出すことのどこが外堀なんですか？」

「反対派を黙らせれば賛成派が残るでしょう？」

それはつまり、国の利益にならない、利益に群がるだけの不良貴族を減らしたいって事か？

「外堀ってそっちですか」

良いように使われてるなぁ俺。

「それでマエスタ男爵は大人の陰謀に嫌気が差し静寂を求めて霧の海にお出かけですか？」

「いえいえ、ちょっと薬の材料を取りに遠出しようとしたのですが、あまりに霧が濃いので一旦霧の無い所まで出ようかと」

「ああ、確かに霧が濃いですね。これだけ濃いとワイバーン達を飛ばすのも危険だ」

俺が空を飛ぶ魔法具を持っている事を知っているクヴァルさんは理解が早い。

「普段はこれほど濃い霧は出ないのですが」

年上、おそらく二〇代後半であろう彼ですら見た事が無いほどの濃い霧か。もしかして何かのトラブルなのかも。ゲームなら幽霊騒ぎとか起きそうだ。っていうか俺がそうか。つまり犯人は俺……いやいや。

「ここ数日やけに霧が濃いから冬が近づくとこうなるのかと思っていたんですが」

「フラテス河の近くなら濃い霧の出る日もありますが王都でここまで霧が濃いのは珍しいですね。それに数日に渡ってとなると私も記憶にありません」

ふむ、やはりコレだけの霧は珍しいのか。霧か、なんか引っ掛かるな。何か忘れているような気がするんだが。

「ところでマエスタ男爵は城下町に行った事はありますか？」

クヴァルさんが話題を変えて話を振ってくる。

「数回ほど、と言っても行ったことのある場所を往復する程度ですが」

「それでよくこの霧の中、出かけようと思いましたね」

クヴァルさんにあきれた顔で言われた。

「いや、町中なら何とかなるかな、と……」

町の外ならともかく、中なら迷った所でたいした事もないだろうし。

「しかしこの霧の濃さ、霧の無い場所まで行こうとすると王都を出ないといけないでしょうね。マエスタ男爵はこの霧の中で迷わず王都を出る事ができますか？」

むむむ、確かに言われてみれば。

「なんでしたら、私が王都の外まで案内しましょうか？」

「え？」

クヴァルさんから突然の申し出である。

「マエスタ男爵に何かあっては一大事、護衛も兼ねて丁度良い」

「いやいや、そこまでしてもらう必要はありませんよ」

別に護衛とかいらんし。

「マエスタ男爵はまだ己の重要性を理解していないようですね。貴方《あなた》は今この国で最も重要な人間の一人なのですよ、何しろ誰も治せなかった不治の病を治療したのですから」

これで何かあったら自分の責任問題になるというクヴァルさん。そう言われると断りづらいな。

「警戒をしておくに越したことは無いかと」

「……解りました、それではお願いいたします」

下手に断っても不審がられるし俺が空を飛ぶ魔法具を持っている事は知られている。ここは素直に案内されておこう。

「任せて下さい、王都の美味《うま》い屋台を教えてあげますよ」

クヴァルさんがドンと自分の胸を叩《たた》く。いやそれは関係ない。

「では王都の外に出る前に腹ごしらえです、そこの屋台のケルピーの串《くし》焼きは美味いですよ」

さっそく脱線かよ。とはいえ土地勘の無い俺がこの霧の中で歩けば迷うこと必至だ。

屋台で串焼きを買う時間くらいなら問題ないだろ。

「美味いんですか？」

「噛《か》むと肉汁が文字通り溢《あふ》れるくらいに瑞々《みずみず》しい肉で、特に煮込み料理と相性がいいですよ」

「それは美味そうですね」

「屋台は初めてですか？」

「この国の屋台は初めてです」

「ケルピーの串焼きは王都の名物の一つです。楽しみにして下さい」

少し歩くと深い霧の向こうから良い匂いが漂ってくる。

「良い匂いですね」

「ええ」

クヴァルさんは躊躇《ちゅうちょ》する事無く屋台に向かうと店主に注文をする。

「ケルピーの串焼きを二つくれ」

「毎度」

串焼きを二本受け取ったクヴァルさんは一本を俺にくれる。

「受爵祝いです」

「そういう事ならありがたく頂きます」

食欲をそそる匂いが鼻腔《びこう》をくすぐる。早速俺は串焼きにかぶりつく。

その瞬間口の中に肉汁がジワリと溢れてくる。

「これは……確かに美味い」

「この肉汁がまた美味いんです。夜勤明けの疲れた体にはこの濃さが効く」

肉汁がまるでダシのように溢れ、肉の表面に味付けをしていく。

なんというテロ飯。

「ケルピーの肉は獲《と》りたてほど美味《おい》しいのです。フラテス河で思う存分泳ぎまわって肉の締まったケルピーを狩り、その肉を迅速に王都に運ぶことで他所《よそ》よりも新鮮なケルピー肉を食べることが出来ます。それが王都の名物とされる理由なのです」

結局その後更に追加で串焼きを買ってしまった。

「いやいや、屋台飯というのも侮れないものですね」

「屋台で食事を済ませる人も多いですからね」

◆

「視界が悪すぎて先が見えないな」

王都の外に出る為に大通りを歩いていた俺達だったが、とにかく霧が濃い……というか、

「明らかにさっきよりも霧が濃くなっていますよね」

「実は私もそう思っていたところです」

城を出た三m先を見るのも困難だ。こうなると自然現象と考えるのは無理があるな。

「霧といえば面白い噂を聞きましたよ」

先の見えない霧の中、クヴァルさんが面白そうな話題を提供してくれる。

「噂ですか？」

「ええ、何でも、雲の中に大きな魚を見たという話です」

「魚？」

雲の中に魚とはこれまたファンタジーな。

「この霧が出てからそんな目撃談が出る様になったらしいです。海に居る鯨という生き物にそっくりだとか」

ほほー、雲の中に鯨か。……んー？　何か聞き覚えのあるような話だな。

まさかと思うがこの霧……

「クラフタ様ー!!」

と、その時、聞き覚えのある声が俺の名を呼んだ。

「この声は……」

だが待て、彼女が地上に居る筈が無い。彼女は地上から遥《はる》か離れた場所に居る筈だ。

「クラフタ様ー‼」

振り向くととても見覚えのある銀髪の少女が俺に向かってダイブしてきた。

「うぉぉぉぉぉっ⁉」

顔面が柔らかい物に埋め尽くされ、幸せを感じる前に息が出来なくなる。

「捜しましたよー‼」

「ぶはっ！　ミ、ミヤ？」

「はい！　ミヤです‼」

柔らかい沼から脱出すると、そこに居たのは俺のよく知る顔だった。

「何でこんなところに？」

オチの予想がつくだけに正直聞きたくない。

「大変なんです‼　研究所の機能の一部が破損して……、至急研究所に戻ってください‼」

面倒事って言うのはいきなり襲い掛かって来るよね。

◆

浮島の研究所に行く為、霧に沈んだ王都の中を歩いていたら、浮島にいる筈《はず》のミヤがやって来ました。マル……で終わったら楽だったんだがなぁ。

「クラフタ様、早く直さないと大変な事にゅぃぐ……」

慌ててミヤの口を塞《ふさ》ぐ。これ以上危険な発言をされたら余計な面倒が増える。

「ミヤ、余り大きな声で騒ぐと周りの人に迷惑だよ」

「？　……‼」

俺の言いたい事が伝わった様でコクコクと首を縦に振るミヤ。

「お知り合いですか？　マエスタ男爵」

クヴァルさんが驚いたように聞いてくるが、その視線はミヤの一部分に集中していた。結構ムッツリだなこの人。

むむむ、どうごまかしたもんかな。

「えーと、彼女は俺の知り合いでして」

「初めまして、私ご主人様にお仕えさせて頂いております、ミヤと申します」

おいいいいいっ‼　イキナリバラしおったー‼

『ご主人様、こういう時は下手に隠さないほうがいいですよ』

ミヤの声が頭の中に響く。通信の魔法具だ。

つーか呼び方が変わってるんですけど。

『空気を読んで変えてみました』

変な所で気が利く。

「従者が居たのですか⁉　それもこんな美人が……」

「え、ええ、アルマ様の件で先を急ぐ必要があったので、彼女には荷物と一緒に後から来てもらうことにしたんです」

頭を掻《か》く振りをしながらイヤリング型通信機のスイッチを押す。いちいち押すのは面倒だが常時

起動型は魔力の消費量がよろしくないし何よりプライバシーが無いから採用を見送った。

『それで？　何か用事があってきたんだろ？』

念話で会話を始めるとミヤは軽く頷《うなず》いて事のあらましを話し始めた。

『そうなんです！　研究所の雲を生成する雲海発生装置が壊れてしまって、雲の生成が止まらなくなってしまったんです！』

停止ではなく止まらなくなったという事はつまり。

恐る恐る聞いてみる。

『じゃあ、もしかしてこの霧の正体って……』

『はい、雲海発生装置が作り出した雲、だったものです』

ミヤが申し訳なさそうに答える。

あっちゃー、やっぱりか。

「ところで先ほどの件は宜《よろ》しいのですか？　なにやら重要な問題があったようですが」

急に黙った俺達を訝《いぶか》しんでクヴァルさんが声をかけて来る。イカンイカン、念話だけでなく普通の会話もしないとな。

「あ、そうでした、馬車が壊れてしまって、このままだとご主人様の実験用機材に悪影響が！」

同じことを思ったのかミヤも俺に合わせる様にそれらしい理由を口にする。

『今ゴーレムに命じて、研究所からそれっぽい感じに壊した馬車を運ばせておりますので、もう少々時間を稼ぎましょう』

アリバイ作りも同時に行う様である。

『あくまで地上の技術を逸脱しない程度にな』

ちゃんと釘《くぎ》を刺しておかないとうっかり現代人にとってのオーパーツを作ってしまいかねないからな。

「中の荷物は？」

念の為、表向きの荷物についても言及してクヴァルさんに余計な憶測をさせない様にしておく。

「一旦《いったん》外に出してありますが、霧の影響で薬や薬草がカビてしまうかもしれません」

ミヤがいかにも心配そうな表情で答える。初めて会った時に比べ随分と感情豊かになってきたもんだ。

「そこまで重要なものでもないし、貴重品はこっちに入れてある、ミヤが無事ならそれで良《い》い」

「ご主人様ぁ」

と、茶番を仕込みつつ、思念での会話を続ける。

『このまま雲の生成が止まらないとどうなる？』

『限度を超えて生成されているので、このまま装置に負担がかかり続けると完全に壊れて修理が出来なくなるかもしれません』

割と余裕の無い答えが返ってくる。

一時停止する程度なら良いが、修理が出来なくなるってのは不味《まず》いな。

『完全に壊れた際のデメリットは？』

ステルス装置が壊れたらどうなるか、なんて聞くまでもない話だが。

『爆発したりはしませんが、隠蔽《いんぺい》用の雲が生成できないので研究所が丸見えになります。あと、霧で洗濯物がしけって地上の皆さんが困ります』

それは大変だ。古代文明の遺跡が今もプカプカ浮いていると分かったら各国の王達がどんな手段を使ってでも研究所を手に入れようとするだろう。

人間単独で飛ぶことは出来なくても秘蔵の魔法具がある可能性は高いし、訓練を積んだワイバーンを使役する竜騎士なら到達しかねない。

『パルディノ師匠は？』

古代魔法文明の生き証人にして現代に生きる（死んでいるが）魔法具職人であるあの人ならば、装置が大破したとしても直せる筈である。

『私も連絡をしたのですが、留守にしているとクアドリカ様が仰《おつしや》っていました』

ミヤのトーンが少し低くなる。パルディノ師匠は昔からこうだったみたいだ。

『ああ、居留守ね』

『……』

「それで、これからどうするのですか？　彼女を城に住まわせるのは許可が要りますよ」

どうしたものかと考えていたのだが、どうやらクヴァルさん、ミヤを住まわせる場所について悩んでいると勘違いしたらしい。

「そのあたりは考えておきますよ」

『それで、装置は修理出来ないのか？』

コレが重要な所だ。研究所で修理できないとなると本格的にパルディノ師匠とコンタクトを取らなくてはいけなくなる。

『はい、施設の重要設備ですので、管理者権限での許可が無いと修理も出来ないのです』

ミヤの言葉で俺は自分が研究所の主《あるじ》になったばかりの時の事を思い出した。あの時もミヤは俺の許可が要ると言って書類を山のように持って来たっけ。

『じゃあ許可だすから』

『ダメです、Bランク以上の案件は研究所で必要書類に記入していただかないといけません』

何そのお役所仕事。

『分かった、一旦浮島に戻る。修理にはどれくらい時間が掛かる?』

装置が完全に壊れる前にサッサと直さないとなぁ。

『半日もあれば危険な状態を脱する所までは直せます。完全な修理には数日かかるかと』

クーラーの修理よりは早いか。とはいえちょっとタイミングが悪かった。

『知り合いの子供を治療するための薬が必要なんだ。すぐに戻って書類にサインするから、材料を集めて人数分薬を作って欲しい。浮島はどこに?』

『はい、この真上です』

おおぅ……

『ええと……地上の人達にバレないように気をつけてね』

『はい! それでは研究所に戻りましょう、ご主人様』

「ミヤ、馬車の場所まで案内してくれ。まずは荷物を回収しよう」

「かしこまりました」

俺はクヴァルさんに向き直り告げる。

「すみません、案内をして頂く予定でしたが、用事が出来てしまいました。俺達はここで失礼させて頂きます」

「霧がかなり濃いけど、壊れた馬車の場所までは大丈夫ですか？」

クヴァルさんが至極当然のツッコミを入れてくる。それを言われると辛《つら》いな。

「大丈夫です、馬車はこの大通りを歩いていけばいずれたどり着きますから」

ナイスだミヤ、コレで別行動を取る理由が出来た。

◆

クヴァルさんと別れた俺達は王都を出て、霧が薄れる所まで来てようやく飛翔機《ひしょうき》を取り出した。

「この辺なら飛んでも大丈夫だろう、ミヤの飛翔機は？」

「それでしたらこちらのマジックボックスに。私が乗ってきた飛翔機は小型ですので下位モデルのマジックボックスでも十分入ります」

そう言ってミヤは腰の袋を指差す。なるほど、ミヤも古代魔法文明の生き残りなんだからマジックボックスくらい持っていても不思議じゃないか。

「それとゴーレムからの通信で、偽装用の壊れた馬車の設置が完了したそうです」

「よし、じゃあ行くぞ！」

ミヤを乗せた俺は、薄く霧が残る街道から飛翔機を発進させる。

「？」

あれ？　なんか飛翔機が重いな、加重が多く掛かったような感じだ。霧の影響か？　推進器が何かの影響を受けているんだろうか？　まぁ魔法で作られた霧だし、何か悪影響を及ぼしている可能性も十分あるなぁ。

飛翔機の不調は怖かったが、メンテナンスをしている時間も無かったので、そのまま空に向かって飛翔する。飛翔機は後で浮島の整備用ゴーレムにメンテしてもらおう。

雲海を突きぬけ雲の上に出る。太陽の光に照らされた浮島は非常に美しく、久々の陽光と相まって思わず俺は意識を呑《の》まれる。

いつもより濃い雲の上に浮かぶ浮島は普段より三割増しで幻想的だ。

「いつ見ても凄《すご》いわね」

「っー‼　綺麗《きれい》ですっ！」

余りにも綺麗でアルマとフィリッカの声の幻聴が聞こえてしまったくらいだ。

だが時間は有限、幻聴は置いておいて、俺は早々に浮島のドックに飛翔機を下ろした。

◆

「お帰りなさいませご主人様」

浮島のドックに降り立った俺に対し、ミヤが出迎えてくれる。自分も一緒に帰ってきたのにだ。

「ただいま、書類は？」

微《かす》かな笑いを堪《こら》えて俺は雲海発生装置の修理を急がせる。

「ただいまゴーレムが運んでいる最中です。修理の準備は整っておりますので、サインさえ頂ければすぐに直せます」

「それと薬草園にこういう薬草はないか？」

ミヤに教会での出来事を話し、オランの治療に必要な薬草が浮島の薬草園に無いか聞いてみた。

「少量でしたら薬草園にありますが、その教会の方々の為に必要な量となると当施設では賄いきれません」

「そうか……あ！　じゃあこの近くに薬草の生える土地は無いか？　近隣の生息地は全滅状態らしいから、タイムリミットに間に合う範囲で無いかな？」

「少々お待ちください」

そう言った直後、ミヤの表情が人形めいて止まる。おそらくこの空中研究機関エウラチカのサーバーにアクセスして薬草の生える土地が無いか検索しているのだろう。

「検索が終わりました。トライオ山の中腹にある小さな高原に密集して生えているそうです。地上から行くと険しい山道を何日も歩く必要がある上に、それほど量がある訳でも無かったので私達の時代でもあまり利用者は居ませんでした。ですが教会の人達の分であれば十分すぎる量がある筈です。当研究所を用いて空から降りれば到着まで一日も掛かりません」

そう言ってミヤは立体映像の地図を展開して俺に場所を示す。なるほど、フィリッカと出会った時に越えようとした山脈の一つか。こうやって見るとこの山脈、結構長いな。山脈は上端が切れた三日月形をしている。そしてトライオ山はその三日月の頂点、一番王都に近い場所にあった。

「よし、じゃあそこの薬草を取りにいこう。ミヤ、修理が終わったら至急トライオ山に向かってくれ！」

俺はゴーレムの持って来た書類にサインをしながら指令を伝える。

「承知いたしました……ところでご主人様」

「ん？　何だ？」

「後ろのお客様はどういたしましょうか？　……」

「お客様？」

後ろを振り向くと、そこにはとても良く見知った姿があった。

「フィリッカ‼」

「やーなんか気になっちゃって、ついて来ちゃった」

って、テヘペロみたいに可愛い顔してもあかんだろ。つーかどうやって？

「だーって城の中は退屈なんだもん。そこに丁度都合よく、騒ぎを巻き起こす人がお出かけときたらもう付いていくしかないでしょう」

「フィリッカ」

「いいじゃない」

「あのご主人様」

「んー、付いて来ちまったもんは仕方が無い」

騒がれても困るので、しょうがないからフィリッカの事は諦《あきら》めることにした。

「あのーご主人様、フィリッカ様の事で無くですね」

ミヤが俺達の後ろを見ている、まさかと思い後ろを見るとそこには……

「あの……」

さっき別れた筈《はず》のアルマまで居た。

「すみませんクラフタ様、付いて来てしまいました」

「…………マジか」

開いた口が塞《ふさ》がらなかった。

◆

浮島のドックで俺とフィリッカはにらみ合っていた。

「素晴らしい行動力ですね、さすがはフィリッカ第一王女の妹君です」

「愛《いと》しの王子様ともっと一緒に居たかったのでしょう、愛は偉大ですね」

「ははははは」

「ふふふふふ」

人気《ひとけ》の無い天空の島で二人の笑いが木霊《こだま》する。

「つーか、妹と留守番するんじゃなかったのかよ‼　何やってんだ姉ぇ！」

「アルマにはちゃんと一人でお留守番できるわよね？　って言ったもん」

「姉としてどうよそれ！」

「付いて来ちゃったのは本人の自己責任よ！　でしょアルマ？」

俺達が振り向くとそこにアルマの姿は無かった。

「お客様ならあちらです」

ミヤの指差す方向を見るとアルマはドックに係留してある飛翔船を見ていた。

嬉《うれ》しそうに飛翔船を見て回っている様は何とも微笑ましい。

一言に飛翔船といってもさまざまな形がある。気球型から船型、鳥型などデザインに統一感が無い。

「なんていうかフリーダムよね」

明らかに飛ぶことを考えていない珍妙なデザインの飛翔船を見ながらフィリッカが苦笑する。

「一隻たりとも同じデザインが無いよなー」

「無いわねー」

そういえば初めてココに来た時のフィリッカも、アルマに負けず劣らずはしゃいでいたよな。

「前は大はしゃぎでしたねーフィリッカさん、さすが姉妹」

「クラフタ君がこの浮島の主になっちゃった所為《せい》で、相手をしてもらえなくて暇でしたから」

意味の無い緊張が走る。

「あのーご主人様、修理の許可を頂きたいのですが」

ミヤが申し訳なさそうに書類にサインを求めてくる。

「ああ、はいはいっと……ところでミヤ、アルマ達の事だが何で気付かなかったんだ？」

俺は飛翔機の操縦があったから、霧で視界が悪い事もあって二人の存在に気付かなかったという説明も出来ないことはない。

だが、俺の後ろに乗ったミヤが気付かないという事があるのだろうか？

俺の飛翔機は小型な事もあって以前フィリッカと二人で乗った時でも結構密着した記憶がある。

そこに、ミヤだけでなくアルマとフィリッカまで乗ったとあれば視界に入らずとも体が触れる事は十分考えられる。

「申し訳ありませんご主人様。私としましても何故研究所に到着するまで気付かなかったのか分からないのです」

だが実際に二人は付いてきた。もしかしたら彼女達の内、どちらかが何らかの魔法具かスキルを使ったのだろうか？

だとすれば問い詰めたとしても素直には答えてくれないだろうな。素直にタネを教える手品師は居ない。特に姉の方がな。

そちらは一旦《いったん》置いておく事にして、とりあえずミヤに書類を渡す。

「それでは早速修理作業に掛からせていただきます」

ミヤはそばに居た小型のゴーレムに書類を渡し指示を出す。

「それと地上でミヤとコンタクト出来る様に何か対策を考えておいてくれ」

「地上でですか？　通常の通信機ではダメなのですか？」

「通信を傍受される危険がある、なるべく情報を漏らしたくない」

「承知いたしました、セキュリティレベルの高い暗号型通信機を用意させます」

この時代の技術を考えるといささか心配しすぎかもしれないが、古代魔法文明の通信傍受装置を持っている組織とかが居るかもしれない。

そんな連中と係わり合いになる可能性は相当低いだろうが、王都に足止めされている今の状況を考えると、なるべく騒動を起こしたくは無い。

「私も欲しい!!」

フィリッカが元気よく要求してくる。

「いや必要無いだろ」

「私だって関係者なんだし仲間はずれは嫌よ」

関係者ではないと思う。

「それにロックにも会いたいし……って、ミヤ！　ロック居る？」

「はい、現在は迎賓館の掃除をしていますが、お会いになりますか？」

「会いに行っても良《い》いの？」

ミヤが俺にどうするのかと視線を投げかけてくる。

「いいんじゃない？」

「承知いたしました、ではフィリッカ様とアルマ様に入館証を発行いたしますので、今しばらくお待ちください」

「ありがとー」

「ありがとうございます」

この浮島の入館証は研究所という施設の性質上、翻訳機能が付いていて言語の違う種族同士でも会話が可能だ。

おそらく研究者達がスムーズに議論を交わせる様にだろう。

あれ？

「そういえばミヤ、いつの間に現代の言葉を？」

そう、ミヤはいまルジオス王国の言葉を喋《しゃべ》っていた。

前に来た時は古代魔法帝国の言葉しか話せなかった筈だ。

「ご主人様に研究所の機能回復の許可を頂いたことで周辺地域の情報収集が可能となりました。現在調査用のシーカーを使用して近隣の地理、現代文明の情報を収集しております」

「その過程で言葉も覚えたわけか」

「はい」

勉強って大事だね。

「クラフタ様‼　すごいです、羽の生えた船がいっぱいです！　コレ全部飛ぶのですか？」

「んーどうだろ？」

ミヤに視線で問いかける。

「現在七割の飛翔船が運行可能です。残り三割は整備中で放置されたか資材が不足しているためにドックの肥やしになっている状態です」

七割使えるのか、コレを利用して飛翔船の定期便でもやったら儲《もう》かりそうだな、やんないけど。

「クラフタ様がこの空飛ぶ島をお作りになられたのですか？」

ふぁっ⁉　この子すごい事言い出したよ。

「いや、無理だから。さすがにこんなデカイ物は作れんて」

期待に目を輝かせたアルマには申し訳ないが、変に勘違いされても困るので否定しておく。

「そうなのですか？」

なんか残念そうな顔をしている。アルマの中で俺は一体どういう人間に見えているんだ？

「この浮島は古代魔法文明時代に作られた遺跡なんだ」

どうせ付いてきてしまった訳だし、ちょっと説明しておくか。

「遺跡……ですか？　でも普通に動いているみたいですが」

む、遺跡と言う説明は勘違いを招くモノ言いだったか。

「つい最近まで、機能を封印されて空を漂流していたんだよ」

「では今は封印されていないのですか？」

そりゃこんな未知の文明の産物が空飛んでりゃ詳しく聞きたくもなるよな。俺だってそう思うだろうし。

「それは……そちらの方にご主人様と呼ばれていた事と何か関係があるのですか？」

そう言ってミヤを見るアルマ。んまぁー、何この子！　勘の良さがピンポイント過ぎて怖い‼

「んー、まぁなんといいますか」

ミヤの事をどう説明したもんか。っていうかどこまで教えて良いものか。

「ご主人様、宜《よろ》しければ私に説明させていただけませんか？」

「ミヤが？」

『はい、ご主人様の素性は上手《うま》く隠して説明いたします』

更に通信機の念話で聞かれたくない所をフォローしてくれる。

ふむ、ココは研究所を管理しているミヤに一任しよう。

「分かった任せるよ」

「ありがとうございます」

アルマの前にやって来たミヤは、スカートの裾《すそ》をつまんでおしとやかに挨拶《あいさつ》をする。コレもＶＩＰへの対応の為に教育された成果か。

「まずはご挨拶から、私は空中研究機関エウラチカの管理運営を任されている自立思考管理装置、現在は主《あるじ》であるクラフタ様から頂いたミヤという名を名乗っております」

「自立思考管理装置ですか？」

首をかしげるアルマ。まぁ普通の人間はそんな事言われても良く分からんよな。

「はい、この施設を管理する為に作られた人工生命体です」

「人間では……無いのですか？」

アルマはきょとんとした顔でミヤに聞き返す。

「気味が悪いですか？」

「いえ、そのようなことはありません、エルフやドワーフの方々ともお会いしたことがありますから大丈夫です」

「ありがとうございます。詳しく話すと長くなりますので、まずは研究所にご案内いたしますね」

◆

「このエウラチカは過去に起こった戦争の被害を避ける為長らく封印され……」

研究所の食堂にやって来たアルマとミヤはテーブルに腰掛け、話を再開した。

俺は俺で二人から少し離れた場所に陣取り、薬屋で買ったファイアラットの粉末を使って上級耐火薬を作っていた。フィリッカはロックと散歩にでも行ったのか姿が見えない。

「そしてクラフタ様は……あら？」

BGMのように流れていたミヤの軽妙なトークが中断される。

「どうした？」

「いえそれが……」

ミヤが言いよどむ。

「状況が変わりました。ご主人様、申し訳ございませんがご足労願えますか？」

「トラブルか」

「はい」

硬い表情のミヤにうながされ研究所の外に向かう。

◆

「どこに行くんだ？」

「あの施設をご覧下さい」

ミヤの指差した先にある施設……がある筈《はず》の場所はその大半が雲に覆われていた。

「あれってまさか」

「足元にお気を付け下さい」

ミヤが注意したのも当然だ。雲は俺達の膝下《ひざした》くらいまで覆っていた。

うっかり浮島の端に迷い込んで足を踏み外したりしたら、洒落《しゃれ》にならんな。

「本当、すごい雲ですね」

逆にアルマは絵本の世界のような光景にウッキウキである。

「アルマ、手を」

「っ、はい！」

ミヤの後を追い、アルマと手をつないで雲の中に入って行く。

「こちらの建物の中です」

ミヤの声を頼りに施設の中に入るが、その中も雲まみれだった。

「これはひどい」

「この先です」

ミヤについて施設の中を歩いて行く。

「この部屋です」

「雲でさっぱり中の様子がわからないな」

「そこの壁の下を見てください」

「壁の下？」

ミヤの言葉に従い壁の下を見る。するとそこに巨大な亀の甲羅が置いてあった。……いや甲羅だけで無く足や尻尾《しっぽ》も見える。

「亀？」

なんとそこには一mはあろうかという亀の尻《しり》が壁に空いた穴に挟まっていた。

「キャッスルトータスの子供が紛れ込んでいたようです」

◆

「はぁ⁉　キャ、キャッスルトータスって⁉　ほ、本物の⁉」

散歩から帰って来たフィリッカが素《す》っ頓狂《とんきよう》な声を上げる。

「はい！　私キャッスルトータスなんて初めて見ました‼」

アルマは興奮冷めやらぬ感じでフィリッカに説明をする。

「こ、ここってそんな希少《きしよう》な生物を飼ってたの⁉」

「いえ……この研究所にキャッスルトータスが居るなど私も初めて知りました……」

ミヤも知らなかったらしく、いつもの理知的な姿はなりを潜め、珍しく動揺をあらわにしていた。

うーん、皆《みんな》盛り上がってるなー。けどコレだけ盛り上がってると水を差すのも気が引けるんだが
……

「……キャッスルトータスってなに？」

俺の言葉を聞いたフィリッカ達の動きが止まる。

「知らないの？」

「知らん」

「すごい有名ですよ？」

「さっぱり」

「よく子供達の話題になってましたよ」

「昔の子供の話だろ?」

なんか信じられないって顔されてるんだが。

知らんものは仕方ないじゃないか。

だいたいこっちから見えるの亀の尻だし。

「いい、キャッスルトータスって言うのはね、この世で最も貴い、四種の元獣と呼ばれる魔物なのよ。ほら甲羅を見てみなさい、まるでお城みたいな形でしょう?」

「元獣?」

「セイバードラゴン、ヴォルケーノタイガー、ダークフェニックス、そしてキャッスルトータス。それが元獣と呼ばれる魔物の王の名です」

「四元獣は多くの伝説を遺《のこ》しているの。勇者に力を貸して魔王を倒したとか、自分を怒らせた大魔族を滅ぼしたとか、邪悪な王の野望を国ごと粉砕したとか、昼寝を邪魔されて戦争してた両国の軍隊を吹っ飛ばしたとか、それこそ伝説は枚挙にいとまが無いわ」

それ悪い噂も混ざってないか?

「御伽話《おとぎばなし》から歴史書までいろんな本に載ってるから子供でも知ってるわよ」

「子供達は親から勇者や四元獣の話を聞いて育ちます」

「初耳だ」

うーん、俺がこの世界で読んだ本は基本、実用書ばかりだからな。魔物の本も実戦で戦う可能性のあるものを紹介する本だったし、番外でドラゴンの事がちょっと書いてあったくらいで。

それも、もし遭遇したら絶対勝てないから、死ぬ気で逃げろみたいな感じだったな。

「なんでそんなのがここに居るんだよ」

「知らないわよ」

「ミヤ」

「申し訳ありませんが私も存じ上げません。なによりキャッスルトータスをこの施設で飼育するというのは大変危険な行為ですので」

「危険って言うのは？」

「名前の通り、大人になると城ほどの大きさになるのよ、そういうことでしょ？」

「はい、今はまだ子供ですがこの先成長すれば浮島の泉ではとても住まわせられない大きさになるでしょう。それにこの研究所にはこの子の好物が大量にありますから成長も早まることでしょう」

「そんなものがあるのか？」

「元獣は文字通り元素を好んで食べる魔物です。炎、風、雷など普通の生物が取り込めないエネルギーを己の力とします。それこそが元獣が特別な存在とされる理由でもあるのです」

なるほど、この浮島は大量に魔力を含んだ資材や発明品に溢《あふ》れている。

元獣にとっては美味《おい》しく調理されたご飯といったところか。

あれ？　でもランドドラゴンも土食って回復してたよな。

「ランドドラゴンが口にした土は物質です。そこから土の元素を取り込んだのでしょう。ですが直接元素を取り込める元獣に比べれば、その効率は比ぶべくもありません」

なるほど、ミヤの説明でようやく納得がいった。

「それでコイツはどうするんだ？」

「それなのですが、この子の甲羅を見てください」

「甲羅？」

「壁に甲羅が食い込んでる？」

どうやら壁に引っ掛かって動けなくなったようだ。しかもその影響か、甲羅に亀裂が走っている。

ああ、そういえば以前来た時にココにギザギザの穴が空いてたな。あれってコイツの通った跡だったのか。

「恐らくこの壁に空いた穴から入り込んで中の物を食べていたのでしょう。そしてそれを続けた結果急速に成長し、いつもの様にこの穴を抜けようとしたら壁に引っ掛かってしまい、身動きがとれなくなってしまったのでしょう。そして怒ってブレスを吐き付けた結果、装置が壊れ漏れ出た魔力満点の雲の元素を摂取して更に成長、より深く壁に食い込んでいったのかと」

なんというか間抜けだな。食い意地が張ってるだけじゃないのか？

「貴い魔物の王？」

「こ、子供だからよ‼」

「とりあえず壁を壊して亀を保護しよう、このままだと甲羅が割れて死んでしまうからな」

「甲羅が割れると死んじゃうの？」

「亀の甲羅は体と一体化してるんだよ、だから甲羅が割れると死んでしまうんだ」

「それは大変です、早く助けてあげないと」

「それなのですが、奥の部屋の中を音を立てずに入り口から見てください。決して刺激しない様に」

「?」

ミヤの意図は良くわからないが、言われた通りにそっと入り口へ近づいて行き部屋の中を覗《のぞ》くと、そこには氷漬けの部屋とキャッスルトータスの顔が見えた。

うわ、なんかすごい唸《うな》ってる。

こっち超見てる。

そっとミヤの所に戻る。

「すっごい不機嫌そうなんだけど」

「おそらく壁に挟まって動けなくなった事で機嫌が悪くなっていったのだと思います」

まぁ当然だな。

「じゃあ早く出さないとな」

「ですが危険です」

「その心は?」

「キャッスルトータスはブレスを吐きます。属性は氷雪のブレスで子供でも十分危険な威力です。このまま解放すると最悪、施設が破壊されます」

なるほど、ミヤとしては絶対に避けたい事態だな。

「対策は無いのか?」

「あの子の好物を用意して機嫌を直してもらうというのはどうでしょう?」

アルマがポツリと言葉を漏らす。

「好物って？」

「キャッスルトータスは地と水の二重属性を持っています。ですのでどちらかの属性に満ちた品があれば喜んで食べるかと」

ミヤも良いアイデアだと思ったのか意見を出してくる。

「夢中で食べてる間に壁を撤去してご機嫌で巣に帰ってもらうというわけだ」

「はい」

「好物は何かある？」

作戦を実行するにしても件《くだん》のキャッスルトータスが喜ぶ餌が無ければ始まらない。

「それが丁度良い品が無く、属性に満ちた品を今から準備するとなると一週間は掛かるかと」

「遅いな、薬の事もあるし装置の修理は迅速に行いたい」

何か良いものは無いかな？

俺は宝物庫の中に何か良い物は無いかと探る。

すると宝物庫の中にしまいっぱなしだった、あるモノに触れる。

……あ、そういえばずっと保管して使わなかったコレがあったわ。

「好物に関しては当てがあるから、尻の見える部屋の方から壁の撤去準備を始めて」

「かしこまりました」

ミヤの指示の下、工作用ゴーレムがやってくる。

「よし、行ってくるか」

念のためフィリッカとアルマにはここに居る様に念を押す。

奥の部屋に入っていくと、さっそくキャッスルトータスと視線が合う。

「や、初めまして」

グゥウウウウウゥッ‼

唸り声を上げて威嚇してくる。

シュバァァァァ‼

って言うか攻撃してきた‼　キャッスルトータスは口から吹雪のような冷たいブレスを俺に吹き付けてきた。

だが甘い。

「ドレイン！」

俺はドレインのスキルを発動する。するとキャッスルトータスの放った氷雪のブレスを吸い込み……切れなかった。

ブレスの効果として副次的に発生した氷が俺の体を打つ。大量の野球ボール大の氷が俺の体を削る。いくらドレインでもスキルの効果では副次的に発生した現象までは防げないか。

キャッスルトータスは必殺の一撃にまったく応えていない俺に対して驚きの表情を浮かべる。

実際はすごい痛いんだけどね、半分アンデッドの体になって生命力と体力が増大しているから耐えられるのであって、ちゃんとダメージは受けている。

えーと五〇くらいは生命力が減ったかな。

そして俺は気にする事も無いとキャッスルトータスに近づき、ある物をその口に放り込む。

驚いたキャッスルトータスが一瞬吐き出そうとするが口に放り込まれた物が予想外のご馳走《ちそう》だった事に気付きそれを噛《か》み砕き始める。

キャッスルトータスに食べさせたのはランドドラゴンの鱗《うろこ》だ。前にランドドラゴンを倒した時に素材として回収した物である。

鱗を食べ終わったキャッスルトータスはもっとくれと言わんばかりに甘えた声を出してくる。

ついさっきまでブレスを吐いていた奴とは思えん態度だ。俺は更に鱗を食わせてやる。

もしかして空腹で機嫌が悪かっただけなのだろうか？

そんな事を考えながらゴーレム達の行う壁の撤去作業の音を聞いていた。


数分後には壁が外れて解放されたデカい亀が久しぶりの自由を満喫していた。

「この子どうしましょうか？」

ミヤが気まずそうに聞いてくる。

無理も無い、魔力のある品に満ちたこの浮島に住まわせるには危険過ぎる生物だ。このまま成長すれば、いつか浮島を落とす大きさにまで成長するだろう。

それにまた今回の様な事件がおきないと言う保証はない。

「んー、しばらく俺が預かるかな」

キャッスルトータスの頭を撫《な》でながら俺は答える。

「ここに置いておく訳にもいかんし、甲羅の治療をしたらどこか静かに暮らせる場所に放そう」

「承知いたしました」

「キャッスルトータスを飼うの？」

「元獣を城に連れて行っても大丈夫かな？」

「寧《むし》ろ諸手を挙げて迎えられると思います」

仮にも伝説の魔物だからな、それならそれでかまわない。それよりも問題は別にある。

「それよりも問題なのは、コイツが何故この浮島に居たかだ。キャッスルトータスって言うのは空を飛んだり出来るのか？」

「そんな話聞いたこと無いわよ」

「となるとやっぱり誰かが持ち込んだと言う話になるが」

「ここに許可を受けた動物以外を持ち込むことは禁じられています」

「となると一般所員の可能性も低い」

「では偉い人が連れてきたんでしょうか？」

「そんな、仮にもこの研究所の管理者権限を有する上位職員が違反行為を行うなんて」

だが俺はその言葉を否定する。

「そうとも限らない」

「え？」

「この研究所で発見した個人資料で読んだ人物に思い当たる人材が居た。ミヤ、そんな人物に覚えは無いかい？」

フィリッカ達が居るのでぼかして言ったが俺には思いっきり心当たりがあった。

それもかなり身近な人物だ。

「それはその……」

ミヤも思い当たったようだ。

そう、あの人しか居ない。

パルディノ師匠だ！

この浮島を発見したときに即俺に放り投げたのもこういった過去の悪行の後始末を『自分で』するのを嫌がったからだろう。

仮にも副所長が施設にとって危険な生物を持ち込むといった違反行為をしていたのだ、きっと探せば他にも見つかると思う。

いや絶対ある。

その際に周りから怒られるのを嫌がったのだ。

子供かあの人は！

第三章　「魔法具弁慶」

何とか雲海発生装置の応急処置を終えた俺達は、急ぎトライオ山に向かう。

「ミヤ、トライオ山までは後どれくらい掛かる？」

「およそ二時間ほどかと」

俺の質問に対しミヤはお茶を淹《い》れながら答えた。到着する頃には夕方か。採取の時間を考えると真っ暗になるな。広範囲を照らすライトを用意しないと。

「トライオ山には強力な魔物の様な危険は無いのか？」

「いえ、トライオ山は険しい山ですので、魔物も居ない事は無いですが、危険度は低めです」

それは良かった。強力な魔物と戦いながら薬草採取なんてごめんだからな。

「それは好都合ね」

待て、お前付いて来るつもりか？

「君ばっかり面白い事はさせないわ‼」

俺の目つきから考えている事を察したフィリッカは胸を張って答える。

割と真面目な話なんですけどねー。

「クラフタ様、私達にも手伝わせてください！」

「もちろん私達も遊びで言ってる訳じゃないわ。薬草を集めるにしても、人数がいたほうがいいでしょ？」

「魔物が居ない訳じゃないんだぞ」

「大丈夫！　ミヤに頼んで護衛を用意してもらうから」

俺はミヤの方にどうすんだと視線を送る。

「ドックの飛翔船《ひしょうせん》を使えば護衛用と採取用のゴーレムを運ぶことは可能です」

あくまで決定権は俺にあるって事か。

「分かった、戦闘が可能なゴーレムを数体、アルマとフィリッカの護衛に回して、危険な所はゴーレムに取りに行かせる」

「承知いたしました」

「ありがとうございますクラフタ様‼」

一緒に薬草を探す事を許してもらえた喜びを表現するようにガバッと抱き付いてくるアルマ。

おおぅ、柔らかいモノが潰《つぶ》れる感触、これは良いタックル。

「……サイドアタック‼」

何故かフィリッカまで抱き付いてくる。いや、良《い》いんだけどね、寧ろカモン。

「……トライアタック！」

むぎゅうっと背後からも圧力が。

「キュゥゥゥ‼」

キャッスルトータスの子供が、私もーと言わんばかりに足に突撃してくる。痛い痛い、トゲが刺さっとる。

「「「……」」」

周囲で作業しているゴーレム達がこっちを見ている。いやまて、お前達は無理だ。物理的な理由で俺が耐えられない。

◆

なんて馬鹿な事をしている内に浮島は目的地であるトライオ山付近に到着した。

参加メンバーは俺、アルマ、フィリッカ、ロック、そして護衛ゴーレム六体と採取用ゴーレム一二体である。

流石にコレだけ面子《メンツ》が増えると、俺の飛翔機では運べない為、ドックに係留してあった中型飛翔船を使って降りる事にした。

ミヤは雲海発生装置のメンテがある為、残ることになった。俺が薬草を取りに行きたいと無理を言った為、装置は応急処置で凌《しの》いでいるのが現状らしい。その所為《せい》で無理をすると完全に壊れてしまうのだそうだ。

「それに雲に放流していた雲鯨や雲イルカが全て居るか調べる必要があります。今回の件で何頭か逃げ出してしまったので飛行ゴーレム達に回収作業を急がせていますから」

雲鯨達は雲を泳ぐ生物、故に今回の雲の大発生は、洪水で生簀《いけす》から魚が逃げ出したような状況らしい。そういえば雲の中に鯨のような生き物を見たという噂が立っていたっけ。

◆

「へー、ここがトライオ高原かー」

飛翔船が着陸したと思ったら、早速フィリッカが地上に降りる。

「何がいるか分からんから護衛のゴーレムの傍に居ろよー」

「はーい」

返事だけは良いな。

それにしても雲ゆきが良くないな。夕暮れの空はどんよりと大きく暗い雲に覆われていた。

エウラチカの雲とは明らかに違う薄暗さ、いわゆる雨雲だ。

薬草を探すなら早い方が良いな。

「それではクラフタ様、私達も採取に行ってきます」

アルマもまたゴーレム達を伴って薬草の採取に向かう。

今回は速く薬草を採取する為に、手分けして探す事にした。

だが仮にも二人は王国の姫、もしもの事があってはいけないので、二人の装備は厳重にしてある。

まず通信機。コレは全員共通のモノで、トラブル対策に常時通話状態にしてある。

そして防護魔法具、と言っても盾や鎧《よろい》ではなく魔法障壁を発生させるタイプだ。

コレはＶＩＰや金持ちの人間を守る為の物で、特定の操作やキーワードは必要無い。

所有者が命の危険を感じた際に、その恐怖や焦りを感知して魔法障壁が作動する仕組みだ。

単純な感情の起伏で誤作動しないように大量のサンプルデータを収集し必要な時に装置が作動する高級品だ。勿論《もちろん》手動でも起動可能だ。

元々は王族などのＶＩＰ用に用意されていた物で、俺が所長権限で使用を許可した。

高価な品らしく研究所には二つしか無かった為、俺の分は無しである。まぁ生命力四桁《けた》の俺が命の危険にさらされる様な事なんてそうそう無いだろうが。

そして最後に護衛ゴーレムだ。基本、研究所であるエウラチカにはまともな武装は無い。だから雲海発生装置によるステルス機能くらいしか戦闘に使えるようなものは無い。

だが、研究所で開発された研究成果は違う。単体では危険の無い品でも、複数の研究成果と組み合わせれば武器となる。車と丸い鉄塊、それに金属の筒と金属板、そして火薬をあわせれば即席戦車となるように、安全な魔法具を組み合わせた事で予想外に危険な代物が出来上がった。

護衛用のゴーレムにはそうした装備を与えてある。

過剰かもしれないが不足して後悔するよりはマシだ。

準備は万端、という訳で俺も採取を始めるか。

◆

薬草を探し始めて二〇分程経っただろうか、未《いま》だに薬草は見つからなかった。

アルマ達やゴーレムから採取したと連絡が入る事があったが、それでも人数分には足りない。

どうやらこの高原にはお目当ての薬草はあまり生えていないらしい。

「暗くなって来たし、後はゴーレムに任せて今夜はココで泊り込みかな」

通信機で帰還指示の連絡を送ろうとしたその時の事だった。

「その必要は無いぜ、子供貴族様」

突然聞き覚えのない声が聞こえて来た。

驚いて振り返った先に居たのは、奇怪なシルエット。……それは大量の剣を身に纏《まと》った少年だった。

年のころは一四、五歳くらい、単純に外見年齢なら俺より上か。赤毛をボサボサに伸ばしているので粗野な印象を受ける。

ん？　コイツ見覚えが……あっ！

「教会でヤクザと一緒にいた奴か」

「俺の名前はマルス、マルス＝ウォーホース。あいつらは人捜しが得意らしくてな、魔法具持ちの情報と引き換えに雇われてたんだよ」

なるほど、確かに店のオバちゃんから魔法具狩りと思《おぼ》しき人物が俺の情報を集めていたと聞いていたしな。

「それで？　俺に何か用なのか？」

「勿論だ、でなけりゃこんな所まで先回りしないっての」

先回りとは、どうやらよほど大事な用があるらしい。

「魔法具を賭けて俺と戦え」

「断る」

マルスの挑戦をバッサリと切って捨てた俺は、反転してもと来た道を戻る。

急いで薬草を探す必要があるというのに、こんな所で決闘ごっこをしている余裕なんて無い。

「……はっ！　お、おい‼　こういう時は『面白い！　どっちが勝つか受けて立つぜ‼』って言って戦う所だろうが‼」

いつの時代の漫画の台詞《せりふ》だそれは。

「急いでいるんでな、遊びに付き合っている暇は無い」

だがマルスは俺の言葉を聞くとニヤリと笑う。

「欲しいのはコイツだろ？」

懐から取り出したのは、俺が探していた薬草だった。

「お前……」

「この辺の薬草は俺が全て取り尽くした。欲しければ俺を倒すしかないぜ」

「どうやってそれを知った？　いや、それ以前に何故ここに来る事が分かった？」

そうだ、ココは地上の道からじゃ数日掛かる険しい山の中。普通に考えてこのタイミングで俺に会うのは不可能の筈。

「お前が薬の材料を欲しがってるのは雇い主から聞いたからさ。そして、ここへ来る事が分かった理由……それはコイツさ」

そう言ってマルスは耳につけた大きめのイヤリングを指差す。

「コイツは念話魔法具の通信を傍受することが出来る魔法具だ。コイツでお前とお前の従者の会話を聞いていたのさ。そして飛翔機を持つお前なら、ここに来る事を想定するのは楽勝だ」

盗聴対策を講じようとした矢先にコレか。次からは思いついたら即実行しないといけないな。っと、まさか王都で薬と薬草を買い占めたのはコイツの指示なのか？

俺は通信機でフィリッカ達に思念を飛ばす。今もマルスに盗聴されている可能性が高いが、背に腹は替えられない。

『緊急事態発生だ』

『何？　魔物でも出たの？』

『教会で遭遇したヤクザの用心棒が戦いを挑んで来た。どうやら最近話題の魔法具狩りらしい』

『へー、ホントに居たんだ』

『クラフタ様、お怪我はありませんか？』

二人が対照的な感想を同時に呟《つぶや》く。

『コイツが近隣の薬草を取り尽くしたらしい。だが取り残しがある可能性が高い。俺が囮《おとり》になっている間に薬草を探してくれ』

俺が逃げれば決闘を受けさせる為、アルマ達に矛先が向く可能性がある。万が一そうならない為にもコイツを足止めする必要があった。

『オッケー任せて！』

『クラフタ様、御武運を！』

二人の激励と共に通信が切れる。

「もう良いのか？」

通信が終わるのを見計らったようにマルスが声をかけてくる。

「ああ」

「じゃあ行くぜ!!」

襲ってきたマルスの剣を宝物庫から出した槍《やり》で受け流す。

「そいつがお前の魔法具か！」

只《ただ》の槍です。

だが勘違いで警戒してくれるなら好都合だ。せいぜい利用させてもらおう。

こうしてなし崩しに魔法具狩りとの決闘が始まった。

◆

マルスは、いや正しくはマルスの魔法具は強かった。

マルス本人も確かに強いが、それはあくまで年齢相応の強さだった。

だがその魔法具は非凡な物ばかりだった。

「喰《く》らえぇぇぇ!!」

マルスは手に持った緑と黄色の二本の剣の内、黄色い剣を俺の槍に叩《たた》きつける。すると驚いた事に、マルスの黄色い剣が触れた部分だけフニャリと軟らかくなって曲がってしまった。

「くっ！」

さらにもう片方の手に握られた緑の剣が地面に叩きつけられる。剣が地面にぶつかった瞬間、地面が裂けこちらに向けて黒い顎《あぎと》を伸ばして襲って来る。慌てて回避すると地割れはそのまま霧の彼方《かなた》まで地面を引き裂いていった。

「何と‼」

「驚いたか！　コレが俺の魔法具『地裂狼牙《ちれつろうが》』だ！」

わーお、何と言う厨二《ちゅうに》ネーミング。

とはいえ、この魔法具は気になる所だな。性能もさる事ながらあの形状だ。

刀、こちらの世界には無い筈《はず》の武器。この国ルジオスでは両刃の西洋剣がメジャーだ。

というのも、こちらの世界には魔物が居る。その為、騎士や冒険者は戦争以外で戦闘をする機会が多いので、切れ味よりも継戦能力の高い武器を好む傾向にある。

だというのに刀だ。この世界の誰かが日本刀の話を聞いてそれっぽいモノを作ったのだろうか？

いや、アレは魔法具だ。という事は古代魔法文明が存在した数千年前の過去に作られた物と考えた方が良《い》い。

まぁ、俺のように古代の技術を受け継いだ人間が居ないとも限らないが。

「まだまだ！　次はコレだ‼」

マルスは両手の剣を鞘《さや》に納め、次の武器を手にしようと動く。

だが、黙って見ているほどこちらも馬鹿じゃない。宝物庫から取り出した火爆符と風刃符を風の魔法に乗せて投げつける。

「ウインドシューター‼」

発動した符から爆炎と風の刃《やいば》が飛び出しマルスを襲う。

「効かねぇよ！」

両肩の紫と赤の短剣を引き抜いたマルスは、その短い刃で爆炎と風の刃を切りつけた。

すると驚いた事に俺の放った攻撃が跡形も無く消え去ってしまった。

「なっ！」

一体どういう事だ⁉　使い捨ての魔法符とはいえ、この消え方は異常だ。

師匠から教わった符作りは、魔力さえ流せば常に均一な威力を発揮する様にプログラムで制御されている。間違っても途中で尻《しり》すぼみに消えるようなことは無い筈。

「……そうか！　魔格の共振‼」

「そのまさかよ！　この二対《つい》の魔剣、炎牙《えんが》と風牙《ふうが》は刃の周囲にのみ上級魔法を発動させる！　実力のある戦士が使えば魔法使いの攻撃なんざ即座に無力化できるぜ」

短刀の刃の周囲のみとか、そんなピーキーな武装が存在しているとは驚きだ。だが真に驚くべきはそこじゃない。

コイツは魔格の共振と言う言葉を知っていた。

魔格の共振、魔法には等級があり、等級の高い魔法は格下の魔法を打ち消して一方的に攻撃することが出来る。川にコップ一杯のジュースを流してもその味は拡散して甘さを感じないというわけだ。

専門家でもない一般人が知っているような内容じゃない。いや、それどころか専門家ですら知らない者も居るだろう。なにせこれは古代魔法文明の頃に確立された理論だからだ。

文明の退行したこの世界の人間が知っている筈の無いモノだ。

「……お前一体何者だ⁉」

「俺に勝ったら教えてやるよ‼」

そう言ったマルスの手には短剣ではなく背負っていた長刀《ちょうとう》が握られていた。

「喰らいやがれ‼」

一〇mは離れた距離から金の長刀を振りかぶるマルス。

何故か嫌な予感がした俺は、横に跳びつつ懐から取り出した七天夜杖《しちてんやじょう》をシールドモードにして構える。

マルスの剣が振り下ろされる。

更に横に跳ぶ。

瞬間、金色の斬撃が周囲の大地ごと切り裂きながら襲い来る。

シールドを金色の光が襲い、すさまじい衝撃が俺を襲う。

荒れ狂う光が収まった後、地面は草一つ残さぬ焦土となっていた。

俺が居た場所には、一〇mはあろうかと言う深い亀裂が出来ており、もしもあの斬撃が当たっていたら、死ぬことは無いまでも相当の痛手を受けていた事だろう。そうなったら半アンデッドになっていて良かったと喜んでいただろうか？　それとも苦しまずに死にたかったと嘆いただろうか？

それほどまでに凄惨《せいさん》な光景が広がっていた。

とはいえ、コレだけの威力の攻撃を行ったのならマルスの魔力消耗も相当なモノだろう。

魔法具は使い手の魔力で動く道具だからだ。俺はマルスが攻撃して来た方向を見る。

だが、意外にもマルスはピンピンとしていた。

「な、何でだ⁉」

俺の驚きにマルスは満足したように頷《うなず》く。

「驚いたようだな。強力な魔法具はその分使用者の魔力を大量に消費するのがセオリーだもんな。だが俺の魔法具は違うぜ‼　古代魔法文明の魔力電池を採用することで自分の魔力を一切消費せずに使う事が出来るようになったんだ‼」

マジか、だとすれば強力な魔法具が使いたい放題じゃないか。

「つまり！　俺は無限の力を手に入ぅぇべぇっ‼」

いかん、つい、隙だらけだったのでぶん投げた石が思いっきり顔面に直撃してしまった。

慢心良くない。

投げた石が当たったのはちょうど鼻の頭だったらしく、マルスは悶絶《もんぜつ》していた。まさかそこまで痛がるとは……

あ、そういえば半アンデッドになった俺は、常人以上の筋力になっていたんだっけ。

という事はただ石を投げただけでも、一寸《ちょっと》した剛速球になっていたのかも。

せっかくなのでマルスが痛みで悶絶している隙に宝物庫から薬と装備を取り出す。

まず加速薬を飲んで機動性を上げる。そして腰のベルトに新設したハードポイントに七天夜杖を固定する。

両手に新装備を構えてマルスに反撃を開始する。

魔法とエネルギー系の魔法具による攻撃はＮＧだ。

マルスの両肩に装備された複数の短剣は、おそらくそれぞれが各属性の上級魔法を発動することが出来ると考えて間違いはないだろう。

魔格の共振がある以上、あの短剣を何とかしないと魔法系の攻撃は無力化される。

だから、対策としては新装備での物理攻撃あるのみ!!

新装備、それはいわゆるハンマーだ。全長は約二m、両側の側面が滑らかな楕円《だえん》を描きながら窪《くぼ》んで、ハンマーの頂点には赤く塗られた鉄球が付いている。一見すると只の十字形のハンマーだ。

ただし鉄球には均等な配置で八個の穴が空いていた。

この巨大なハンマー、その重さは大の大人が二人がかりでようやく持てるほどだ。

だが半アンデッドとして生まれ変わった俺にとっては、手のひらサイズの金槌《かなづち》と大差ない。

「せいやー!!」

マルスに向かって思いっきり振り下ろす。

「そ、そんな大振り当たるかぁぁぁぁぁ!!」

痛みに耐えつつも跳躍して回避するマルス。だが慌てずハンマーに付けられたスイッチを押す。

すると『ドン!!』という音と共に先端の赤い鉄球が射出される。鉄球に空いた八個の穴、その内の四個の穴から魔力がロケットの様に噴出して高速でマルスに突撃する。

マルスが回避するも、各穴から魔力が噴出し巧みに軌道を修正しながら、マルスを追い詰める。

「クソッ！　こんなモン真っ二つに切うぉっ!?」

回避しつつも反撃をするため新たな剣を抜刀しようとしたマルス。

だがその一瞬、わずかな時間だけ、意識が回避から攻撃へと逸《そ》れたその時マルスは周囲への注意を怠ってしまった。

結果、マルスは自分の周囲を走る『何か』に引っ掛かった所為《せい》で、バランスを崩し大きく隙を作ってしまった。

当然その結末は破滅、赤い鉄球がマルスに衝突する。

吹き飛ぶマルス。そのまま数m先までバウンドしながら転がって行き、近くの木に当たった事でようやく止まった。

マルスが引っ掛かった何か、それは鉄球から伸びたワイヤーだった。

ハンマーの先端の鉄球、その中心には魔法で生成された金属ワイヤーが収納されており、鉄球が射出されると、ハンマーとの接続部の穴からワイヤーが伸びる仕組みになっていた。

金属ワイヤーには魔力を効率的に伝える素材が使われており、俺が魔力を流すことで鉄球の任意の穴から魔力をスラスター代わりに噴射して、軌道修正できるようになっていた。

細く目立たないワイヤーは見た目より遥《はる》かに強靭《きようじん》な為、今回のように相手の動きを封じるトラップとして最適なのだ。

マルスは変幻自在に追尾してくる真っ赤な鉄球の『色』と、コレが当たったら只では済まないという『威力』の脅威によって、意識が鉄球にのみ集中し、ワイヤーの事には気付いていなかった。

鉄球の直撃を受けたマルスが動かなくなったのを確認した俺はハンマーのスイッチを押してワイヤーを巻き戻す。巻き取り機能付きだ。

うん、そうなんだ。この魔法具のコンセプトイメージはケン玉ハンマーなんだ。

だが只のハンマーじゃ距離をとられたら無力化されてしまう。そこでどこまでも追尾する射出型の鉄球を追加したのだ。

遠近両用のハンマー、その名も『赤猪《あかお》』。

さて、マルスも片付いたし、占有している薬草を頂こうかな。コレだけの魔法具を持っているのだ。おそらくコイツも、マジックボックスを持っている筈。俺の宝物庫のように使用者制限は無いと思うが、もしあったら拘束して無理やり取り出させよう。

俺はゆっくりとマルスに接近していく。もしかしたら気絶している振りをしているかもしれないからだ。

マルスとの距離が二mまで近づいた瞬間、嫌な気配が走り、即座に飛び退く。

その直後、青い剣閃《けんせん》が俺の居た場所を通り過ぎ、その閃光《せんこう》がバシュッと音を立てて四〇cmほどに広がった。明らかに魔法具の効果だ。

正直危なかった。ヴィクトリカ姉さんとの訓練が無かったら死んでいたかもしれない。格上の姉さんの攻撃が来る時は、何度もさっきの感覚を味わっていた。もしかしたらコレが第六感という奴だろうか？

「くそ、避《よ》けられたか」

マルスは何事も無かったかのように立ち上がる。

「なんで動ける⁉」

さっきの投石ではダメージを受けていた筈なのに、何故か鉄球ではダメージを受けた形跡が見当たらない。まさか投石のダメージは演技か？

「ふっふっふっ、お前のへなちょこな攻撃なんて俺には通じないぜ！」

そう自慢するマルスの顔面には二つの赤いラインが走っていた。

「鼻血でてるぞ」

「ゲッ、マジ⁉」

慌てて袖《そで》で鼻血をぬぐうマルス。どうやら投石は効いていたらしい。となると、ハンマーの一撃は何らかの方法で防御されていたということか。

一体どういうカラクリなのか。この謎を解かない限り、戦闘の続行は危険だな。

俺が焦りを感じたその時、アルマからの通信が入った。

『クラフタ様！　薬草を見つけました‼　近くの崖《がけ》の壁面に薬草の群生地があって、それをゴーレムさん達が採取してくださいました‼』

『よし、皆《みんな》は飛翔《ひしよう》船ですぐに浮島に戻ってくれ、俺は自力で戻るから！』

『分かりました！』

通信が終わる頃には血をぬぐい終わったマルスが剣を構えてこちらの様子を窺《うかが》っていた。

どうやら念話をしていた俺を、わざと準備が整うまで待っていたと勘違いして警戒しているようだ。

「準備は良いか？　それじゃあ再開するとするか」

あくまでもわざと待っていた演技をしつつ宝物庫から茶色い玉を取り出す。

「余裕を見せた事を後悔するなよ‼」

靴から光を迸《ほとばし》らせ常人を逸した速度で向かってくるマルス。あの靴も魔法具か。

俺は慌てず茶色い玉に付いていたスイッチを押す。その瞬間茶色い玉から煙が溢れ出し、瞬く間に周囲を埋め尽くす。

「うぉ！」

驚いたマルスの放つ魔力が遠ざかる。魔法具から魔力が放たれているから、マルスの現在位置は丸分かりだ。

俺は宝物庫から飛翔機を取り出して飛び乗り、即座に上昇させる。

上空から見た大地は煙に覆われ、その中からマルスの罵声《ばせい》が聞こえる。

「クソッ！　煙幕なんて卑怯《ひきょう》だぞ！」

どうやらマルスは魔法具の力に頼った、馬鹿正直な戦いしかしてこなかったようだ。

そんなマルスを無視して、俺は飛翔機を自分達の本拠地であるエウラチカに向けて発進させた。

◆

エウラチカに戻った俺はドックを経由せずに直接研究所に戻った。

ちょうどアルマ達も戻ってきたようで、入り口で鉢合わせる。

「クラフタ様、お怪我はありませんでしたか？」

俺の姿を見つけたアルマが駆け寄ってくる。

「ああ、大丈夫」

「ねぇ、一体何があった訳？」

フィリッカが説明を求めてくる。襲撃されたとしか言っていなかったからなぁ。

「ああ、それについては中で話すよ。今は急いで王都に戻らないと」

「……そうね。ちょっと嫌な予感がするし」

フィリッカの意味深な発言を怪訝《けげん》に思うも、ミヤに指示を出す為に俺達は研究所の中に入って行った。

◆

「そんな事があったのね」

入手した薬草の調合をゴーレムに任せた俺は、ミヤの用意したお茶を飲みながら事のあらましを話していた。

「全身に魔法具を纏《まと》った少年ですか、この時代の魔法具事情を考えれば相当な手練《てだ》れですね」

今の時代、古代魔法文明の遺跡でしか高性能な魔法具は手に入らない。ミヤはそれを考慮して手練れと評するが、どうも違和感があるんだよな。

確かに武器は強かったが、それを使うマルス自身はそれほどでもなかった。正直危険な遺跡を潜《くぐ》り抜けることが出来る実力を持っているとは思えなかった。

まぁたまたま、防犯施設が全滅してたり住み着いた魔物が居ない安全な遺跡だったのかもしれないが。

「アイツがトライオ山を下って王都に戻る頃には、とっくに俺達は教会に薬を届けて城に戻った後さ。マルスの事は騎士団に任せれば良《い》い」

仮にも貴族を襲ったのだ。マルスの事を報告すれば、不意打ちで強盗行為をして来た件も併せて即座に指名手配されるだろう。

「でもおかしくないですか？」

何か気になる事があるらしくアルマが声を上げる。

「何がおかしいんだ？」

「クラフタ様のお話ですと、あの人は先日教会にやって来たんですよね。で、このトライオ山の高原は薬草があっても険しい為、めったに人が来ないと。ではどうやってあの人は私達の先回りができたんでしょう？」

「「「あっ⁉」」」

俺達が揃《そろ》ってその事実に気付いた時だった。

空に浮いている筈《はず》の浮島が大きく揺れた。

「な！　なんだぁぁぁぁ‼」

「「きゃぁぁぁぁぁ‼」」

「牧場島と中央島に大質量の物体が衝突した模様です！　映像映します‼」

ミヤの声と共に、空中に立体ディスプレイが現れ外の様子を映す。

「なんだ？　黒い玉？」

ディスプレイに映ったのは黒い球体だった。コレが浮島にぶつかったのか？

「周辺物との比較から直径五ｍと推定。衝撃から何らかの金属と推測されます」

空の上で五ｍもの金属の塊と衝突？　一体どういう事だ？

再び浮島に衝撃が走る。

「今度は何だ‼」

「当研究所の後方五㎞に正体不明の巨大構造物‼　球体はそこから射出されたものと思われます‼」

「正体不明の構造物だって⁉　映像回せ‼」

俺の指示に新たなディスプレイが立ち上がる。そこに映ったモノ、それは……

「黒い、要塞《ようさい》……？」

◆

それはまさしく要塞だった。

雨雲の中から現れたそれは、時折オレンジ色の光を灯《とも》す。その瞬間すさまじい勢いで何かが飛び出し、浮島が激震する。

「レーダーには写らなかったのか⁉」

「当研究所は軍事施設ではないのでレーダーは搭載されておりません」

おおう。

「何なのアレ？　あれも天の玉座なの？」

フィリッカが驚くのも無理は無い。おそらくだが、アレも古代魔法文明の遺産なのだろう。それも研究所であるエウラチカとは違う、純然たる戦闘用施設だ。

「データ照合完了、対象はカルバニア帝国所属の第三世代型重装突撃要塞バウトムを改修した物と推測されます」

「黒くてなんだか怖いお城ですね」

アルマの感想もあながち間違いでは無い。要塞であるアレからは見る者を威圧する悪意を感じる。

「カルバニアって言うとミヤ達が戦っていた国だな」

「現在カルバニア跡地には複数の国家が乱立しておりカルバニアの直系の国家は存在しません」

「と言う事は、アレは特定の国家に所属するモノじゃないと」

「だと思うわ、あんな物が周辺の国にあったら速攻で戦争を仕掛けてくる筈よ」

ですよねー。空を飛ぶ技術が極端に少ないこの世界において、制空権は重要な意味を持つ。

なにしろ弓も魔法も届かない高高度から爆撃するだけで相手を蹂躙《じゅうりん》できるのだから、ちょっとした舐《な》めプ状態である。

「つー事はアレの持ち主は……」

「侵入者発見!! 当研究所北端に未登録の飛翔機が取り付きました!!」

ディスプレイに映ったその姿は、大変よく見知った顔だった。

「やっぱりアイツか」

浮島に降り立ったマルスは警備用ゴーレムの破壊を開始する。

「侵入者は当研究所に向けて侵攻を開始。警備用ゴーレムを迎撃に当たらせていますが効果は芳しくありません」

ふーむ、状況がつかめんがまずはアイツを何とかしないと。

「迎撃に出る。アルマとフィリッカはココで待機。ミヤはとにかくあの要塞から逃げる事を考えてくれ」

「待ってくださいクラフタ様！」

迎撃に向かおうとする俺を止めるアルマ。

「どうした？」

俺を止めたアルマは首から提げたペンダントを外し俺に渡す。

「コレを……持って行ってください」

「コイツは……」

それは先日のデートでアルマに買い与えたプレゼントだった。

「お店の人が言っていました。持ち主を守るお守りだって。だから持って行ってください」

そういえば露店の店主もそんな事を言っていたな。

俺はアルマの頭を撫《な》でながらネックレスを受け取る。

「ありがたく借りさせてもらうよ」

ネックレスを首に提げた俺は、迎撃の為に、外に出る。

『侵入者は研究所の入り口から南に一〇〇mまで近づいています。対象の能力は非常に強力で戦闘可能な警備用ゴーレムは残りわずかです』

ミヤからの報告を受け、俺は加速薬と剛体薬そして視力向上薬を飲んでステータスを底上げする。

ここら辺の薬は戦闘時の定番になりそうだから、即応できる様に一纏《ひとまと》めにした薬を開発したいな。

宝物庫からケン玉ハンマー『赤猪』を取り出してマルスの下に駆け出した。

◆

迎撃の為、マルスの下にたどり着いた時、それは最後の警備用ゴーレムがマルスに倒された時でもあった。

「出迎えごくろーさん」

飄々《ひょうひょう》とした態度で話しかけてくるマルス。

「ウチに招待した覚えは無いんだけどね」

「ははっ、驚いたぜぇ！　まさかお前も俺と同じ、遺産の後継者だったなんてさ‼　もっとも、戦闘用の遺産を受け継いだ俺と違って、お前が受け継いだのはただの一軒家みたいだけどな」

ノリノリで話しかけてくるが、なんだろうな、この不快感。

「けど嬉《うれ》しいぜ！　いい加減原始人相手の舐めプには飽きてきた所だったんだ。やっぱりバトルするなら同レベルのプレイヤーで無いとな‼」

飛ぶように跳躍してきたマルスは、両手に持った白と黒の剣で挟み込むように俺に斬りかかる。

だが視力の向上した俺にはテレフォンパンチだ。さっきも感じたが、マルスの剣技は特筆する程の凄《すご》みは無い。

剣を避《よ》ける際に仄《ほの》かな熱気と冷気を感じた。なるほど、短剣と同じで属性毎の魔法剣か。

落ち着いて対応すれば確実にかわせる攻撃。

その筈だった。

避けられる筈、万が一の無い様に余裕を持った間合いで回避した筈の攻撃が、俺の腕を斬り裂いた。

「ヒャッハー!! 避けたかと思ったか!? 残念だったな！ その腕貰《もら》ったよーぅ？」

マルスの顔が疑問に変わる。斬り裂いた筈の俺の腕は傷一つ付いていなかったからだ。

「あ？ 斬れてない？ 確かに当たった筈だぞ？」

危なかった、師匠達が作ってくれた特製白衣が無かったら今頃俺の腕は体からサヨナラしていた事だろう。

とはいえ、金属の塊がぶつかった訳だからちょっと痛いが。肉体を強靭《きょうじん》にする剛体薬を飲んでいなかったらもっと痛かっただろうな。

「そうか、その白衣、魔法具だな。いいぜ、気に入った。お前を倒したらそいつも貰うぜ」

誰がやるか。

「今度はこっちの番だ!!」

赤猪を構えた俺は魔力を込めて鉄球を射出する。

「おっと、そいつの弱点は師匠から聞いたぜ！」

む？ 師匠だと？

鉄球の攻撃を避けたマルスは背負った銀色の鍔《つば》の無い長刀《ちょうとう》を引き抜く。

「喰らえ！ 銀月《ぎんげつ》!!」

銀の長刀が発動した瞬間、急に耳鳴りがする。この魔法具の力か？

そしてマルスは銀の長刀を鉄球では無く、本体と連結するワイヤーに叩《たた》き込んだ。慌てて避けさせようとしたがワイヤーには鉄球と違って、姿勢制御用のスラスターなんて無い。結果、ワイヤーは切断、魔力の伝達がなくなった鉄球は彼方《かなた》へ吹っ飛んで行く。

「はは！　師匠の言った通りだ」

どうやらマルスの師匠はワイヤーから鉄球に魔力が流れている事に気付き、魔力供給を途絶えさせる為にワイヤーへの攻撃を命じたらしい。

マルスは思慮が足りないアホだが、その師匠というのはひとかどの人物らしい。

この短時間、それも一回の戦闘だけで赤猪の弱点に気付いたのだから。

「これでお前は丸腰だ！」

やっぱアホだコイツ。俺は赤猪のハンマー部分で銀の長刀を受ける。

「おわぁ！　って、武器持ってるじゃねーか!!」

うーん、この駄目っぷりは一周回って好感が持てるかも知れない。

「なーんちゃって！」

え？

「銀月!!」

マルスが叫ぶと耳鳴りと共に銀の長刀の刃が灰かに輝きだしハンマーにズルリと食い込んだ。

「何っ!!」

慌てて下がった時には手遅れで、ハンマーは綺麗《きれい》な切断面を残して半分になっていた。

「この銀月は切れ味に特化した魔法具だ。コイツは通した魔力に応じて無限に切れ味があがるイカした魔剣なんだよ！」

ん、それは嘘だろ。剣が発動した時の耳鳴り、アレはきっと超音波が原因だ。おそらくこの剣は地球で言うところの超音波カッターに相当するものなんだろう。金属塊であるハンマーをあっさりと真っ二つに切り裂いたあたり、地球の物よりも切れ味はいいのだろうが、仕組みを考えると無限に切れ味が上がるとは思えない。

もしかしたらただ使えるというだけで、マルス自身も仕組みを良く分かっていないのではないだろうか？

とはいえこの切れ味は危険だ。喰らったら師匠の作った特製白衣でも危ないかも知れない。各種用途に応じた武器、使いこなされたら厄介だな。

ここは一つずつ……

そこに再び激しい振動、だが今度の振動は様子が違った。衝撃の後、微振動が収まらないのだ。

「なんだ⁉」

『研究所の推進機関に被弾！　このまま動き続けたら推進器が爆発します‼』

なんてこった、予想以上に敵の攻撃は強力だったらしい。というかマルスがここに居るのに何故攻撃できるんだ？　向こうにもミヤに相当する存在やゴーレムが居るのだろうか？

いや、今はそんな事どうでも良《い》い。何とかして防御しなければ。

「余所見《よそみ》をしてる場合かぁ‼」

意識が逸《そ》れた俺にマルスが斬りかかる。

ギリギリの所をスウェーバックで回避。宝物庫から七天夜杖《しちてんやじょう》を取り出して魔力を通し変形させる。

七天夜杖は二つに分かれ双剣モードになる。

マルスの銀月はガードを無効化する、となれば回避重視で応戦しないといけない。

双剣モードは軽量化と切れ味上昇の魔法プログラムが発動するから回避重視の戦闘に向いている。

だが何故かマルスは銀月を鞘《さや》に納め、白と黒の剣を構えた。

「白衣が無い所を切り刻んでやるぜ！」

アレ？　何で銀月を使ってこないんだ？

再び靴の魔法具が魔力を帯びマルスは高速で突撃してくる。

さっきこの二対の剣を回避した時、避けた筈《はず》なのに何故か攻撃を受けた。

俺はさっきよりもさらに余裕を持って攻撃を回避する。

すると今度は攻撃を受けなかった。なんだかこの魔法具の能力が見えてきた気がする。

俺は大きく跳び退《しさ》ると宝物庫から大量のランドドラゴンの鱗《うろこ》を取り出し、纏めて投げつける。

「何⁉」

突然投げつけられた鱗を魔法具と勘違いしたマルスは靴の魔法具を発動させて回避しつつ両手の剣で避け切れなかった分を叩き落とす。

俺はその光景を注意深く観察していた。

「見えた」

視力向上薬の効果で見極めたマルスの動き。

それは明らかに不自然なものだった。

ランドドラゴンの鱗を叩き落とすべく振り回された白と黒の剣は、明らかに鱗が当たらない距離で振られたにも拘《かか》わらず鱗を叩き落とした。

そしてその時に発生した景色の歪《ゆが》み。

「残念だったな、何の魔法具か知らないが俺には通用しないぜ」

ランドドラゴンの鱗を全て回避したマルスは得意になって俺を挑発するが、それは大きな勘違いだ。

「何⁉」

「蜃気楼《しんきろう》」

マルスが動揺する。

「その剣の能力は蜃気楼だな」

「な、何故分かった⁉」

やっぱりか。マルスが剣を振るう時に見えた景色の歪み。それは極狭い範囲に展開された蜃気楼だ。

剣を回避する際に感じた熱気と冷気、あれは攻撃魔法ではなく温度を変化させる為のモノだったんだ。蜃気楼は密度の違う空気によって発現する自然現象。この魔法具は二つの異なる温度の空気を発生させることで周辺の空気の密度を変えて蜃気楼を発現させる幻惑型の魔法具だったんだ。

「そしてコレが‼」

俺は加速薬で高速化した肉体をフルに動かし連続攻撃を行う。

「う？　うおぉぉぉ⁉」

加速薬、そして双剣モードによる軽量化効果で攻撃は更に加速する。

高速で繰り広げられる斬撃に対応できなくなり体中が斬り刻まれて血を流し始めるマルス。

魔法具を交換するスキを得る事もできず靴の魔法具で跳び退るが俺も全力で追う。

逃げるマルスと追う俺。だがその均衡は長く掛からずに崩れた。

突然マルスの速度が下がったのだ。

「し、しまった！」

「とどめ‼」

マルスの真後ろに回り込んだ俺は双剣を思いっきり交差させて斬りつけた。

だがその攻撃は甲高い音と共に弾《はじ》かれた。

「何⁉」

攻撃を弾かれた俺はその勢いでバランスを崩し、たたらを踏む。

クソッ！　またとどめの攻撃が無力化された。これじゃさっきの戦いの繰り返しじゃないか。

「好き勝手してくれたなぁぁぁぁ‼」

白と黒の剣を鞘に納める事無く捨てたマルスは、金色の長刀を振りかぶる。

コイツは不味《まず》い！

慌てて回避を試みるも、バランスを崩していた所為《せい》で回避が間に合わない。

「死ねぇぇぇぇぇ‼」

とっさに双剣で受けるも、輝く剣はその刀身ごと俺を斬り裂かんと迫る。

死を覚悟したその瞬間、聞き覚えのある甲高い音がした。

「バカな‼」

焦るマルスの声、なんか分からんがチャンス‼

破壊された双剣の柄をマルスの顔面に向けてブン投げる。何度も当たるものかと回避するも二本目の柄が直撃。

再び後ろに回り込み、マルスの胴を抱え思いっきり持ち上げる。

その勢いのままブリッジ！

そう！　ジャーマンスープレックスだ‼

加速薬によって人間の限界を超えた速度で叩きつけられる頭部。

「ごっ⁉」

勢い良く技を決められたマルスは変な声を上げた後、意識を失った。

「最後にモノを言うのは己の肉体だったか……」

俺は意識を失ったマルスから素早く装備を剥《は》がし、縄で縛り上げていく。魔法繊維で作られた縄なので通常のモノよりも遥《はる》かに強靭だ。そして装備は俺の宝物庫にぶち込んだ。

マルスを縛り上げ一息ついた所でミヤから通信が入った。

『ご主人様！　もう限界です‼　急いで推進機関を停止させないとあと三分で爆発します‼』

いかん、マルスとの決戦に夢中になって忘れていた。

『ミヤ！　向こうの要塞《ようさい》にマルスを人質に取ったと伝えろ！』

『…………だめです！　攻撃が止《や》みません‼』

駄目か、何とか攻撃を止めさせる方法は無いものか。

だが反撃する為の武装も浮島全体を守る防御装置なんてのも、この島にはないし、せめて盾でもあればな。盾でなくても装甲板代わりになる硬い物は無いか。

硬い物、雲海の中の浮島と敵要塞との間に配置出来る壁。空に浮かんで、硬くて広範囲をカバーできる空飛ぶ装甲。飛翔船《ひしょう》に鉄板を付けて、いやそんな時間は無い。もっと簡単に……ってそんな都合の良いモンあるわけ……あ、あった。

『ミヤ！　雲の範囲を限定して雲鯨の生簀《いけす》を敵要塞との間に絞る事は出来るか？』

『は？　それは可能ですが、一体何を？』

『雲鯨の結晶装甲を盾代わりに使う』

『っ！　承知しました‼　雲海の排出ダクトを、後方以外限界まで絞ります。この速度ですとあと一分で雲の配置が完了します』

『よし、推進器を停止させろ！　雲鯨がガードしてくれている間に俺がマルスを人質にして直接交渉をしてくる！』

『ですが！』

『もう持たないんだろ！　だったらそれに賭《か》けるしかない‼』

『……分かりました。機関停止、整備ゴーレムは緊急消火作業に入ります』

◆

雲鯨は夜眠る時に特殊な体液を分泌して氷のような膜で全身を覆う。

その結晶は非常に強靭で弾性に富んでいるそうだ。この状況においてうってつけの盾になってくれる。雲鯨には悪いが安定して雲海で暮らす為の家賃と思って頑張ってもらおう。

なに、怪我をしたら治してやる。

推進器を停止させた浮島は瞬く間に速度を落としていく。

そして周囲の雲海もどんどん狭くなり浮島の後方に纏《まと》められていく。当然それに併せて雲鯨達も浮島の後方に集まる。

さぁ、ここからだ。

さっそく要塞からの攻撃が雲鯨に直撃した。だが、キン、キン、と甲高い音を鳴らしながら攻撃が弾かれていく。

『雲鯨の結晶装甲が敵弾を防ぐのを確認、成功です‼』

『よし、後は俺が連中との交渉を終えれば……』

俺が言い終える直前に一際デカい砲撃が飛来した。

ドスッ‼　何かが突き刺さる音がした。

ボォォォォォォォォォォォオォオオォ‼

雲鯨のすさまじい雄たけびが辺りに響き渡る。

『ご主人様！　絶対に今飛び出さないでください‼』

通信機の向こうから焦りを含んだ声でミヤが俺を制止する。

『どういう事だ⁉』

だが俺の疑問には、ほかならぬ雲鯨自身が答えてくれた。

雲鯨達は一斉に体の向きを要塞のほうに向ける。

そして結晶装甲が頭部前面に集まり、ユニコーンのような角が出来上がる。

ボォォォォォォォォォォォオォォオオォ!!

雲鯨達は再び雄たけびを上げると、一斉に要塞に向かって突っ込んでいく。

要塞はライフル砲のような巨大な砲撃で応戦するが、前面に集中した装甲を砕けず、攻撃は流線形の体に逸《そ》らされ彼方《かなた》に流れていった。

そして要塞の装甲に次々と雲鯨達の角が突き刺さる。刺さる刺さる刺さる。まるで巨大な蜂の群れだ。

『雲鯨は傷を受けると、あのように仲間を呼び、集中させた結晶を前面に展開して突撃するんです。戦時中、うっかり雲鯨を攻撃してしまった空中要塞が雲鯨達の突撃を受けて沈没してしまう事件も少なからずありました』

何それ超怖い。

『雲を多めに生成して当施設を隠します』

『ああ、任せる』

うかつに動くとこちらも巻き込まれてしまうので、雲鯨が落ち着くまで待つ事にした。

今の内にマルスの装備を調べておこう。

「やっぱりか」

マルスの装備を簡単に調べた結果、俺は自分の予測が正しかったと確信を得た。

マルスの魔法具は、本人が言っていた通り魔力を充電する方式だった。

ただし、その魔力電池は電池容量が少ないという欠点があり、それが原因でマルスは連続攻撃をして来なかった。いや、できなかった。

マルスの魔法具は強力な能力を持っているが、それゆえに魔力を大量に使ってしまい、すぐに電池切れならぬ魔力切れを起こしてしまう。あの金の長刀《ちょうとう》が良《い》い証拠だ。

ただ、それだけだと単なる使い捨て魔法具なので、マルスの魔法具はそれを補うために充電機能を備えていた。

空気中の魔力を補給する簡易充電モードと使用者の魔力を補給する急速充電モードだ。

発動範囲の狭い短刀などは魔力消費が少ないため充電も速い。

だが金の長刀の様な強力な武器は一度使うと長時間充電をする必要がある。

マルスが浮島に襲撃を掛けて来るまでのタイムラグはその為の充電時間だったようだ。

さっきの戦闘でマルスの速度が急に落ちたのも、靴の魔法具が魔力切れを起こしたからだ。

疑問に感じたのは今まで有利だったマルスが突然武器を交換した時だ。あの時、靴と銀月を使って高速で攻撃を繰り広げていたら、俺が避《よ》けきれずに防御に回った瞬間に七天夜杖《しちてんやじょう》ごと切り裂かれて苦戦は必至だったろう。

なのにマルスは意味もなく武器を替え続けた。

だからおかしいと思ったのだ。

きっと魔法具を使うには何かしらのクールダウンの為の時間が必要なんだと気付いたのだ。

マルスのマジックボックスを漁《あさ》ると予備の魔力電池が出て来たので、戦闘が長引いたら交換するつもりだったのだろう。マルスのマジックボックスは宝物庫と違い、誰にでも使用できる汎用品《はんよう》だったおかげで判明した事実だ。そして中身は迷惑料として頂いておく。

それと、マルスに攻撃が通用しなかった件についても分かった。

それはマルスが所持していたネックレスが原因だった。

このネックレスには一定以上の衝撃が加わると防御結界が発動する仕組みが内蔵されていた。

俺の投石や、威力の少ない双剣モードによる斬撃は通用し、力を込めた必殺の一撃が通用しなかったのもそういう事だ。

そして俺がマルスの攻撃を受けても生きていた理由。それはアルマが貸してくれたネックレスのお陰だった。

二つのネックレスを見比べると、詳細は違うが驚くほど似通ったデザインだった。

そしてその構造もまた酷似しており、俺の身に着けていたネックレスの内部にもマルスが持っていたモノと同型の魔力電池が搭載されていたのだ。

つまりこの二つの魔法具を作ったのは同一人物、俺達は同じ作者の作った守りの魔法具を持って戦っていたのだ。

何故これほどの魔法具が露店で売られていたのかは分からないが、とりあえずは疑問が解けてスッキリだ。

気がつくと、雲鯨の雄たけびと砲撃の音は止んでいた。

どうやら終わったようだ。そしてそれを告げるようにミヤから通信が入る。

『ご主人様、敵要塞の攻撃装置の破壊を確認、雲鯨達も攻撃形態を解除し再び眠りに入りました』

少々予定外だったが、まぁ何とかなったか。

『それにしても流石はご主人様です！』

ん？　一体何の話だ？

『雲鯨がこうなると分かっていて盾に使ったんですね、お見事です!!』

いや違うよ!? 全くそんな事考えてもいなかったよ!!

『それでは私は推進器の修理に全力を尽くしますのでコレで失礼いたします!!』

感激した声音を残したまま、ミヤは通信を切ってしまった。

……ま、まぁ良いか。とりあえず戦闘が終了した事には変わりない訳だし。

俺は飛翔機を取り出すと安全柵《さく》に命綱を付け、マルスを縛ったロープに繋《つな》げる。

よーし、準備完了。それじゃ交渉に出かけますか。

マルスを連れて要塞に向かおうとしたその時だった。

『ご主人様! 敵要塞より小型機の発進を確認! 注意してください!!』

どうやら向こうさんが痺《しび》れを切らしてやって来たらしい。

俺はマルスを乗せた飛翔機を飛ばし、お客様を迎えに行く。

◆

要塞と浮島の間、雲鯨達が眠る真上で俺達は対峙《たいじ》していた。

俺の前に現れたのは、虫型の飛翔機に乗った、黒の長髪がまぶしいクール系美少女だ。前髪パッツンですよ。その外見はナイスバディのミヤとは対照的な平坦《へいたん》な子供体型だった。

そこからかもし出される空気は、初めてミヤと出会ったときと同じ『人形』めいたモノだった。

「私はカルバニア帝国所属、第三世代型重装突撃要塞バウトム改の自立思考管理装置六六六号、そこのバカ主《あるじ》よりミシロと呼ばれております。以後お見知りおきを」

日本語と英語で『ロク』と『シックス』それに六が『三つ』でミシロかな。

「クラフタ＝クレイ＝マエスタだ。後ろの空中研究機関エウラチカの所長をしている。ところで聞きたいんだが、君達は何故コイツを捕虜にしたと通告した後も攻撃を続けてきた？」

俺の抗議にミシロは顔色一つ変えずに答える。

「大変申し訳ございません。私共は主の命令に絶対服従するようにプログラミングされております。故に、いかなるアホな主のアホな命令であっても従わざるを得ないのです。アホ主からは何があっても攻撃を続けろと言われていましたが、雲鯨の攻撃により戦闘が続行不可能となりました。故にアホ主の判断を仰ぎに参りました。捕まって気絶していたとは好都合」

顔色一つ変えずに、絶対服従しなければいけない筈《はず》の主をこき下ろす従者。良い性格をしている。もしかしてマルスの事が嫌いなのだろうか？

「好都合とは？」

「我々自立思考端末は、製造時に、主を守る事が第二目的だと制御プログラムに刻まれます。故に、アホ主が無謀な行動で自滅したとしてもアホ主を守る義務が生じます。つまり身代金を支払う用意があるという事です」

ずいぶんと話の分かる従者だな。

「と言う訳ですので、身代金の話ですが、戦時相場としては白金貨一〇〇枚程となります」

大体日本円で一〇億か。

「その相場ってのは現代の相場に換算するといくらだ？　それと要塞の主って事でマルスは士官待

遇なんだよな？」

「チッ……現代の相場では白金貨一五〇枚となります」

コイツ今舌打ちしやがった！　っつーかサバ読みすぎだろ。

「ですが当要塞に白金貨一五〇枚相当の金銭は無く、お渡しできるのは白金貨二〇枚相当の金銭的価値を持つ品くらいです」

早速値切りに来たか。なんか積極的に主の価値を下げようとしている様にも見えるんだが。

「じゃあ、白金貨二〇枚相当の品と、そちらの兵器のデータをくれ。現物も状態の良い物を頼む」

「軍事機密に当たりますので武装はお譲りできません」

あっさりと却下される。

「上手《うま》く誤魔化せないか？」

「不可能です……ですが先ほどの戦闘で破壊され修理不可能なほど壊れた砲台および防御兵装については、本国の空中要塞《ようさい》港が機能不全に陥っていて修理も交換も出来ず破棄する事になります。本来でしたら粉々に破壊して利用されない様にするのですが、人質の交換条件として『破棄する予定の不用品を粉砕せずに捨てろ』と言われれば白金貨五〇枚分の交渉と等価だと判断します」

「不用品はどれだけある？」

「小型砲台二〇、中型砲台一二、大型砲台二、防御兵装二五、装甲板が五二七枚です」

ふーむ、それだけあれば解析データを継ぎ足して兵器の全容を解明できるかもしれないな。

「分かった、白金貨五〇枚で受けよう。残りの分は？」

ミシロは困った風にポーズを取りながら（全く困っている様には感じなかったが）答える。

「実はもう何もありません」

清々《すがすが》しい。

「ええ、アホ主をお救いしたいのですが機密保護が第一目的としてプログラミングされております
ので、これ以上お渡しできるモノがないのです」

寧《むし》ろ主を切り捨てたい感じがありありと伝わってくる。

とはいえそれは向こうの都合、こちらには関係無い話だ。

「帝国が所有していた鉱山とかで現代の人間に知られていない物ってあるか？　ほら、貴族の身代
金って国がある程度負担するもんだろ？」

少なくとも中世の西洋はそういうシステムになっていた筈だ。現代でも企業がテロリストの人質
になった社員の身代金を支払っていたし。

「……あります、ですが鉱山はあくまで帝国の所有物です。それに手を出される場合自己責任でお
願いいたします」

ふむ、自動防衛装置でもあるのかな？

「じゃあ残りの身代金は金になる情報で頼む」

「承知いたしました。では当要塞に記録された『現代人にとって』金銭的価値のある施設等の情報
をお譲りいたします。部下に情報を出力させていますので今暫《しばら》くお待ち下さい」

待っている間に世間話の振りをして情報を聞き出す事にする。

「じゃあ、君達は戦争が終わった事を前から知っていたんだ」

「はい、ある時期を境に、敵要塞との遭遇が極端に減り、遂《つい》には一切遭遇しなくなりました。近隣の港は空爆により破壊され使用不可能となっていた為、情報を得る事もできず、やむなく戦時緊急措置として独自判断による情報収集を開始しました」

なるほど、それで現代の情報を得たわけだ。

「でもそれなら、マルスは帝国とは何の縁も無い、主たり得ない存在だと分かるんじゃ？」

「……」

黙秘か。

「赤金貨一枚分」

「アホ主はマスターキーを所持していました。我々は緊急時においてはマスターキーの所持者に従う様にプログラミングされておりますので、そこに至るまでの間にどのようなアホらしい経緯があったとしても、このアホ主を主として登録しなければならなかったのです」

主の情報安《や》っす。何やらやるせない理由があるらしい。

ああ、あと一番大事なことを聞いて無かった。

「マルスの師匠って誰？」

「……」

コレも黙秘か。

「赤金貨一枚」

「……」

「赤金貨三枚」

「……」

「緑金貨五枚」

「……」

だがいくら値を吊《つ》り上げてもミシロは答えない。

つまりマルスの師匠はミシロにとって主であるマルス以上に重要な人物ということか。

おそらくは俺の師匠のような、古代魔法文明関係者か？

「あとコレを作った人間に心当たりは？」

話題を変えて俺はアルマから借りたネックレスをミシロに見せる。

「……これは、アホ主が作った魔法具ですね」

何と！　この魔法具はマルスが作ったのか。てっきりマルスの師匠が作ったものかと……

「ルジオス王国の露店で捨て値で売られてたんだが」

「……以前、修行の最中に逃げ出して、地上に降りられた事件がありました。その際、狩……お迎えに上がった時、両手一杯に屋台で購入したと思われる食料を抱えていました。まさか魔法具を売ったお金で購入していたとは……」

こころなしかマルスを見る目が冷たくなったような。つーか今、狩りって言いそうになったよな。

つまり、修行が嫌になって逃げ出したマルスが金欲しさに自作の魔法具を売る。逃亡の痕跡《こんせき》を消す為に目立つ魔法具を使わず馬車で移動（この時にネックレスを捨て値で売る）。どこかの町で魔法具を売った金で豪遊していたら、追っ手に見つかって連れ戻されたという訳か。

「俺と最初に出会った時は普通に下町でヤクザの用心棒をしていたけど、追わなかったのか？」

「……現在は修行の第一段階が完了し、地上での実戦訓練をされている『筈』でした。まさかヤクザの用心棒などに身を落としていたとは」

何だろう、有名大学を卒業した筈の息子が底辺企業で働いているのを知って落胆した親の顔を見ている気分だ。

そんな公開処刑をぼんやり眺めていると、要塞の方から大きな虫型の飛翔機《ひしょう》が飛んで来る。

飛翔機に乗っていたのは何とも独特な、球体に手足の付いたゴーレムだった。

ミシロの体格といい、カルバニアはシンプルな物を好むのだろうか？

「身代金の用意が出来ました」

「先に身代金だ」

「分かりました。白金貨二〇枚相当の金銭的価値のある品がこちらのマジックボックス一〇個に、廃棄処分する予定の残骸《ざんがい》は大きい為、マジックボックス五〇個に。そしてこちらが金銭的価値のある施設等の情報と、個人的サービスで貴方《あなた》にとって価値があるであろう希少な生物や植物の生息域を記した情報端末です」

個人的サービス？

「アホ主もコレに懲りて自重という言葉の意味を理解出来る程度の生き物になるでしょう」

ああ、躾《しつけ》の謝礼金ね。

「それと、身代金の目録も情報端末に記載していますので後ほど確認をお願いします」

「分かった。じゃあ、マルスを……」

「放り投げて下さい」

うーん、この荷物感。

言われた通りマルスを放り投げるとミシロは片手でキャッチする。意外にパワーがあるな。それに、投げられたマルスの体を受け止めてもいささかの揺らぎも無かったという事は見た目よりも重いのだろうか？

「内蔵された魔法具で体を固定しているので重くないです」

何故か心を読まれた。

「私は質実剛健をモットーに作られた高性能生体端末ですので、そちらの無駄に外見や不要な機能に注力して作られた生体端末とは開発コンセプトの次元が異なっているのです」

うーん？　何か歪《ゆが》んだモノを感じる発言が……

『それはつまり余裕の無い設計と言う事なのでは？』

突然俺達の会話に割って入る声。

「ミヤか？」

『はい。初めまして、カルバニアの生体端末。私はリスタニア王国所属、空中研究機関エウラチカの管理運営を任されている自立思考管理装置八八八号ことミヤと申します』

立体ディスプレイ越しにミシロへ挨拶《あいさつ》をするミヤ。

「初めまして。私はカルバニア帝国所属、第三世代型重装突撃要塞バウトム改の自立思考管理装置六六六号、ミシロと呼ばれております。ところで余裕が無いとは？」

『文字通りの意味です。優秀な製品ならば必要とされる能力以上の力を発揮できる様に余裕を持った設計をされるモノです』

あー、確かに車でも法定速度以上のスピードが出せるように作られているし、パソコンなんかも後々改良できるように拡張性がある設計をされているもんな。

「不要なモノを付けすぎれば無駄な開発期間と費用がかさみます。只《ただ》機能が多ければ良《い》いという考えは中途半端な品を量産する愚かな考えです。用途に応じて専門的な構造にした方が効率的です」

『それではいざという時に対応が出来なくなります。特定の条件下でしか正常に動作できないのではお客様にとってスペースを食うだけの置物が増えるだけなのでは？』

「汎用性《はんよう》を謳《うた》ってその実、中途半端な性能では、ユーザーの求めるスペックを満たすことが出来ません。そういう考えが全体の質を下げるのです」

『そちらこそ、そんな尖《とが》ったコンセプトでは気楽に商品を手にしたいお客様にとってハードルが高くなるばかりで業界の消費者人口を減らす事になりますよ』

なんか段々家電製品の開発者の会話になってきたような気が。うーん、コレはそろそろ止めた方が良いのでは……どっちも間違ってはいないんだが。

「あー、二人共その辺で、昔は敵同士でも今はもうその国も無いんだから」

「申し訳ありません」

『すみませんご主人様、熱くなりすぎました』

そう言って二人は一瞬だけ視線を合わせたが、すぐに目を逸《そ》らす。

うーん、どうやらこの二人は反りが合わないらしい。同じ管理ＡＩなのに開発コンセプトや開発者の趣味や思想が違うのが反発の原因なのだろうか。

「では我々はコレにて引き上げさせて頂きます。当方のアホ主が大変失礼をいたしまして、誠に申し訳ございませんでした」

短く謝罪の言葉を述べると、マルスを抱えたままミシロは虫型の飛翔機を黒い要塞に向ける。

「クラフタ様」

ミシロが俺に話しかけてくる。

「何だ？」

「先に言っておきます。貴方にはこれから主達の所為《せい》で大変な御迷惑をお掛けする事になると思います。ですのでお覚悟を」

「そりゃ一体どういう？　……」

だがミシロは俺の質問に答える事無く、飛翔機を発進させる。

「出来うる限りお早く遠くに逃げられる事を推奨いたします。それでは御機嫌よう」

意味深な台詞《せりふ》を残してミシロとマルスは帰っていった。

結局、肝心な事は聞けずじまいだったなぁ。

「ミヤ。念の為、身代金を確認。あと、マルスから奪った薬草がこっちのマジックボックスに入っているから薬の追加生産を」

『承知いたしました。既に採取してある薬草の分は量産に入っていますので後一時間もあれば五〇個の薬が完成予定です』

「分かった」

マルスとの戦いが終わり、研究所の前まで戻って来た俺をアルマとフィリッカが出迎えてくれる。

「お帰りなさいませクラフタ様！」

アルマが俺の胸に飛び込んでくる。

「お帰りー、無事だったみたいね」

割り込むようにフィリッカが俺の胸に自分の胸を捻《ね》じ込んでくる。凄《すご》い光景だ。

「むー姉様、詰め過ぎです！」

「アルマも独り占めし過ぎ！　半分頂戴《ちょうだい》！」

「だーめー！　わーたーしーのーですー!!」

コレが両手に花という奴か。……花か？

「あ、そうだ。アルマ、コレ助かったよ」

そう言って差し出したのはアルマが貸してくれたネックレス。そう、マルスの魔法具だ。

「ふふ……お役に立てて何よりです」

嬉《うれ》しそうに笑いながらネックレスを受け取ったアルマは胸の谷間にネックレスを納める。それなんてバニーなガールさん？　……ちょっと守りの魔法具を作るか。『俺』の作った奴を。


研究所の、半ばリビングと化している食堂に行くとミヤが難しい顔をして立体ディスプレイとにらめっこをしていた。

「ミヤ、推進器の修理状況は？」

俺に気付いたミヤは軽く会釈をすると疲れた顔で修理状況を報告する。

「かなり壊されてしまいましたので、完全復旧まで一ヶ月を要します。動く様にするだけでも一週間は欲しい所です」

「それではオラン君の治療に間に合いません‼」

ミヤの言葉にアルマが顔を青くして叫ぶ。確かに、いくらなんでも一週間は待っていられないな。

「では中型の飛翔船で王都付近までお送りしましょう」

こうして俺達は完成した治療薬を持ってシスターと子供達の待つ教会に向かうのだった。

◆

『様々な色の付いた多くの魔法具を操る少年か』

王都に戻るまでの間に俺は遠くはなれた廃城に住むクアドリカ師匠達に連絡をとっていた。

『はい、何かご存じありませんか？』

マルスを退けはしたもののその背後は未《いま》だ不透明だ。奴の後ろに何らかの影があるのは確実で、おそらくそれがマルスの言っていた師匠と言う人物なのだろう。

俺のエウラチカに匹敵する……いや、単純な戦闘力なら遥《はる》かに上を行くあの空中要塞《ようさい》。アレの本当の所有者であろう人物。

『うーん、色とりどりの武器か……いやまさか』

『知ってるんですか？』

珍しく歯切れの悪いクアドリカ師匠。

『いや、まだ断定は出来ない。だが警戒しておいて損はない。その魔法具の使い手にはくれぐれも気をつけたまえ』
『分かりました』
そう言って通信を切ろうとした瞬間だった。
『……まさか七色の魔女か？』
『え？』
七色の魔女。
小さな声だったが、確かにクアドリカ師匠はそう言った。
だが師匠にそれを聞こうとしたその時には、既に通信は切れていた。

第四章　「黒幕とシスター」

深夜、王都に戻ってきた俺達は急いで下町に向かっていた。

「早くオラン君にお薬を届けましょう‼」

アルマが気合の入った声を上げげつつ先行する。走るのは下にいるゴーレムのクマだが。

無言で深夜の下町を走る。教会までもう少しだ。

「ねぇ、なんだかおかしくない？」

不意にフィリッカが話しかけてくる。

「ん？　何かおかしいか？」

俺の声にフィリッカは黙って頷《うなず》く。

「あそこ、教会の方を見て、なんだか明るくない？　それに人の声が聞こえる」

「んー？　そんなにおかしいか？　夜でも人は出歩くし、街灯があるから明るいだろ」

「この辺りは正規の開発エリアじゃないから街灯は立てられて無いわ。それにこんな遅い時間じゃ魔力節約の為に街灯も消えている筈《はず》よ。酔っ払いが騒いでいる訳でも無いのにコレだけ人の声がするのはおかしいわ」

そういうモノだろうか？

とはいえ昔から王都にすんでいるフィリッカがそう言うのだ。あながち根拠が無い訳でも無いのだろう。

「分かった急ごう」

「うん！」

「はい！」

俺達はスピードを上げて教会に向かう事にした。

◆

「燃えてる……」

それは誰の言葉だっただろう。

教会にやって来た俺達が見たモノ、それは燃える教会だった。

そこには下町の住人達が大挙しており皆が教会を遠巻きに見ている。

「一体何があったんですか⁉」

すぐ傍にいた野次馬に詳細を尋ねる。

「ん？　ああ、教会が放火されたんだよ」

「放火⁉」

「き、教会の！　教会の皆さんはご無事なのですか⁉」

「え、いや、どうだろ。おーい、シスター達を見た奴はいるかー？」

アルマに問われておっさんが周囲の連中に声をかける。

「いや、見てないな」

「俺も知らんな」

不味《まず》い事に誰もシスター達を見た者は居なかった。

「これは不味いな」

シスター達は教会の中に取り残されている可能性が高い。古い教会は勢い良く燃えている。

このままだと中に取り残されたシスター達は酸欠と一酸化炭素中毒で死んでしまうだろう。

「クラフタ様‼」

「クラフタ君‼」

アルマとフィリッカが俺を見る。言われなくても分かってるよ。

「アルマ、ゴーレムを！」

「はい！」

俺の意図を察したアルマはすぐさまゴーレムから降りる。

「行くぞ、付いて来い‼」

俺の指示に従いゴーレムが付いてくる。

「お、おい危ないぞ‼」

野次馬の制止を振り切って教会のドアを蹴《け》破《やぶ》り、中に入る。

◆

古い建物である教会は、いつ倒壊してもおかしくない程燃え盛っている。

「ウォーターボール‼」

俺は水の初級魔法を奥に続くドアにぶつける。

俺が所持する『中級術式強化』スキルによって、中級魔法相当の威力を発揮したウォーターボールは本来の水量、バケツ一杯分から風呂桶《ふろおけ》一杯分までに水量を増やしドアの火を瞬く間に消し去った。

礼拝堂の奥、食堂に入るが誰も居ない。だが声が聞こえる。

……これは……子供の泣き声だ！

目に付いたドアを片っ端から魔法で消火して中を確認し、三つ目のドアを開けた時にようやくシスター達を発見した。

「助けに来たぞ‼」

子供達は部屋の真ん中に集まって身を寄せ合う事で火の勢いから逃れていた。ギリギリだったな。

「ウォーターボール‼」

部屋の燃えている場所を魔法で消火する。

「あ、ありがとうございますクラフタさん……」

「ごほっ　兄ちゃん……」

「助かった……」

皆ぐったりしている。結構な量の煙を吸い込んでしまった可能性が高いな。早く外に連れ出して治療をしないと。

「急いで逃げるぞ、付いて来い‼」

「でも火の手が」

火の手の強さにシスター達が二の足を踏む。

確かに火傷《やけど》の傷は深ければそのまま死んでしまう事もあるらしいしな。それに女の子だっている、一生残るような傷が付いてしまうかも知れない。

うーん、何か良《い》い方法は……っとそうだ！　昨日作ったアレを使えば！　俺は宝物庫から上級耐火薬を取り出す。

「皆《みんな》コレを飲むんだ」

「それは？」

「耐火薬だ。コレを飲めば一定時間火に対して耐性をつけられる。早く飲んで！」

シスターは一瞬躊躇《ためら》った後、覚悟を決めて薬を口にする。その瞬間、シスターの体を仄《ほの》赤い光が包む。

「これで？」

「ああ、皆も早く飲んで！」

シスターが率先して飲んだ事で子供達も薬を飲む。子供達は自分が赤く光り出した事に驚き、一時だけ火事の恐怖を忘れたようだ。

「さぁ、皆行くぞ！」

病気の所為《せい》で歩けないオランをゴーレムに乗せた俺はシスターと手分けして小さな子供を背負って走る。

行く手をさえぎる炎を魔法で消火しつつ、子供の歩幅に合わせて進んでいく。

「凄い、全然熱くないよ」

「うん、へっちゃら、お兄ちゃん凄《すご》い‼」

薬の効果を実感した子供達が俺を褒め称《たた》えながらはしゃぐ。あまり褒めるな、なんか照れる。

「本当に凄い……」

シスターは子供達とは別の次元で驚いているようだ。子供達の様にただ凄いと驚くのではなく、そこに色々な疑問が浮かび上がっているのがその表情から窺《うかが》える。

だがここはいつ崩れてもおかしくない教会、シスターもその疑問を口にする事は無く静かに付いてくる。

薬のお陰で火傷の心配はなくなったがそれでも倒壊の危機は十分にある。早く外に出ないとな。

そうしてようやく礼拝堂までたどり着いた俺達だったが……

「そんな、出口が……」

へたり込むシスター。

教会の出口は倒壊したガレキによって塞《ふさ》がれていた。

どうやら俺が奥に向かった後で落ちてきたみたいだ。

ドアを蹴破ったのが原因ではないと思いたい。

俺は落ち着いて魔法を唱え、出口周辺の火を消火する。

「だめだよ兄ちゃん、火を消してもガレキが邪魔で進めないよ」

「僕達死んじゃうの？」

出口が塞がれていた事で子供達は絶望のあまり泣き始める。

「お前ら、泣いてる暇なんか無いぞ‼」

俺は背負っていた幼子を下ろしてから宝物庫に手を入れ、中から銀色の長刀《ちょうとう》を取りだす。

そう、マルスから取り上げた魔法具、銀月だ。

銀月の魔力電池は先の戦闘で魔力切れを起こしている。だから柄のスイッチを押して急速充電モードに移行する。手のひらから魔力が吸い取られる感覚が分かる。

だが、常人を遥《はる》かに超える魔力量を誇る俺にとって、この程度の魔力消費は屁《へ》でも無い。

チャージを完了させた俺は銀月の力を解き放つ。

「銀月‼」

武器の名を叫ぶ、それがこの魔法具の発動条件だ。まさに厨二《ちゅうに》病真っ最中のガキが考えた設定全開である。

銀の刃で出口を塞ぐガレキを切り裂いていく。瞬く間にガレキは細切れとなり、外への道を作り出した。

「今だ！　脱出するぞ‼」

子供達が我先にと逃げ出す。

俺も全員が逃げ出したのを確認してから最後に脱出した。

全員が脱出した後、それを待っていたかの様に教会は崩れ落ちた。

神が実在するファンタジー世界なら、コレこそ神のご加護だったのかもしれない。

「大丈夫かあんた達‼」

「急に飛び込んで行ったから心配したんだぞ‼」

さっきのおっさん達が俺達を心配してやって来る。

「クラフタ様！」

「クラフタ君！」

アルマとフィリッカも俺達の下にやってくる。

「子供達は大丈夫？」

「お怪我はありませんか？」

「俺は大丈夫、それよりも煙を吸って具合を悪くした子達が居るから、ここから離して新鮮な空気を吸わせる必要がある」

さすがに燃え盛る教会の前で治療をする訳にも行かない。

「だったらウチの店に連れてきな‼　カフェテラスがあるから、この時間なら全員寝かせられるぜ！」

「助かります」

「俺達も手伝うぜ！」

「ありがとうございます。火傷している子も居るので冷たい水を用意してもらえますか？」

「任せろ！　すぐに持ってきてやる‼」

俺の魔法で水を出す事は出来るが、俺は急いで薬を作らないといけない。

今は他人に出来る事は他人に任せよう。

店主の案内に従って俺達はカフェテラスとは名ばかりの道路に椅子が置かれた喫茶店にやって来た。

まぁそれでも長椅子があるだけましか。俺達はそっと子供達を長椅子に寝かせる。

「椅子が足りんな、まってろ、店からカーテンを持ってきてやるから、それに寝かせろ」

なかなか下町の人間も人情に厚いな。

店主の持ってきたカーテンに、残った子供達を寝かせる。

「それでコレからどうするんだ⁉　医者を呼ぶのか？」

「いえ、一酸化炭素中毒の治療法は新鮮な酸素を与えることです。通常の薬では治りません」

「そ、そうなのか？」

専門用語、というか地球の知識がなかった店主達は、そういうものなのかと納得する。

だがここは異世界、こと薬に関しては地球を超越するチートっぷりを発揮するトンデモ薬が揃《そろ》っている。

宝物庫から取り出したのは風の属性石、コレと薬の元になるレレフ草を中級薬調合のスペルで調合すると呼吸器系の薬になる。

さらに中級属性付与スペルを使い、薬に風属性を付ける。

普通は治療薬に属性を付けても何の意味も無いが、今回は違う。

風属性を付けた薬を子供達の口に少量たらす。すると属性の影響で微風が口元に漂ってくる。

「すーはー」

「すぅー」

苦しそうだった子供達の顔色が良くなってくる。

「コレで大丈夫」

「す、凄いな坊主！」

「大したもんだ‼」

瞬く間に顔色が良くなった子供達を見ておっさん達が手放しで褒め称える。何かくすぐったいな。

「だがまだ本命の治療が終わってない」

俺は長椅子に寝かせられたオランの下に行くと、先行して量産した薬をオランに飲ませる。

「どう……ですか？」

アルマが恐る恐る聞いてくる。

薬を飲んだ直後のオランは初めの内こそ苦しそうにしていたが、やがて表情は安らぎ穏やかな寝顔を見せた。

「ＯＫ、治療は成功だ」

「ありがとうございますクラフタ様‼」

オランの治療が成功した喜びを表現する様に勢い良く抱きついてくるアルマ。

「ヒュー」

「おやおや」

おっさん達が冷やかしの口笛を吹いてくる。

今回は結構危ない目にも遭ったし、このくらいの役得は有りかな。

「はぁーい、そこまで。まだまだやらなくちゃいけない事がいっぱいあるでしょう」

そう言ってフィリッカはアルマから俺を引き剥《は》がし抱きしめる。当然フィリッカの胸に俺の顔が埋《うず》まる訳なのだが、何故抱きしめる必要があるのだろうか？　うん、かまわないよね。

「姉様ひどいです」

当然のようにアルマが抗議の声を上げるがフィリッカはどこ吹く風でこれからの事を話す。

「火傷を負った子の治療、それに他の子達にも薬を飲ませなきゃ、ずっとその子の看病をしていたんだから、病気が感染《うつ》ってる可能性が高いわ」

フィリッカの懸念ももっともだ。俺は火傷の薬を作り、その間にアルマとフィリッカは手分けをして子供達に薬を飲ませていく。耐火薬で火を防げてもその前に負った火傷は治らんしな。

「おーい、水持って来たぞ！」

ちょうど良いタイミングでおっさん達が水を持ってきてくれた。さて、治療を再開しますか。


「ありがとうございますクラフタさん」

一通り治療が終わった後、シスターが礼を言ってくる。

「別に大した事はしてないですよ」

「そうそう、人助け人助け」

「皆さん大したお怪我が無くてよかったです」

俺達の言葉を聞いたシスターは、何故か呆《あき》れた様な顔をして大きくため息を吐く。

「皆さん……この御恩は必ずやお返しいたします」

深々と頭を下げるシスター、本当に真面目な人だなぁ。

「お疲れさん、コイツは俺からのサービスだ」

と、そこへ店主が全員にホットミルクを用意してくれた、コイツはありがたい。

「おいおい、俺達もミルクなのかよ、ちょっとで良いから酒を入れてくれよ」

「アホ、酒が欲しけりゃ金払え」

「ははははっ」

疲れた体で飲むミルクは、とても美味《うま》かった。

◆

治療を終え、体を休めていた俺は突然謎の寒気を感じた。

「だ！　大丈夫ですかシスター‼」

子供達の治療を終え、ひとときの安らぎを得ていた俺達の下に現れたのは教会の高司祭、ダーヅだ。

コイツが今の寒気の原因なのか？

「ダーヅ様⁉　何故ここへ？」

こんな時間にやって来たダーヅに驚くシスター。

「き、教会が焼き討ちに遭ったと聞いて……い、居てもたってても居られず……」

ゼーゼーと荒い息を吐くダーヅ、そして取り巻きらしい司祭と神殿騎士達。逆にディアーナさんはカケラも呼吸を乱していない。うーん、気のせいか？

「だからってこんな慌てて……、落ち着いて深呼吸をして下さい」

「あ、ああ……すぅー、はぁー……ああ、もう大丈夫……」

息を荒らげながらやって来たダーヅを気遣うシスター。

「一体誰が教会を燃やすなどという罰当たりな真似を？」

「分かりません、私達も目が覚めた時には既に火に囲まれていて……正直な話、クラフタさんが助けに来てくれなかったら今頃、子供達と共に死んでいました」

「そ、そうだったのか……」

シスターの言葉に驚いたダーヅは俺の方を見ると、ヨロヨロと震えながら俺の下にやって来る。

そして俺の手をがっしりと握りながら言った。

「ありがとう！　君がいなかったらシスターは、シスターは!!　ホントにありがとう!!」

「い、いえ、お気になさらずに。当然の事をしたまでですから」

おっさんに手を握られても嬉《うれ》しくないので、サッサと切り上げようとしたのだが、それを謙遜《けんそん》と勘違いしたダーヅは益々見当違いな感激をする。

「なんと謙虚な。素晴らしい、君こそ聖人だ。どうかね？　教会に入信しないか？　君ならば数年も修行すれば司祭に、いや、私が名誉司祭に推薦しよう!!」

いやいや、宗教とか勘弁。貴族のいざこざですらお腹一杯だというのに、このうえ宗教が絡むとかマジ無いわー。

「ダーヅ様、クラフタさんが困っていますよ」

シスターに止められてようやく冷静になるダーヅ。

「おお、コレは失礼。つい興奮してしまった」

照れくさいのか、頭を掻《か》きながら謝罪してくるダーヅ。

「いえ、気にしてませんから」

「君の寛大な心に感謝します……シスター、ともかく一度私の教会に来なさい。教会が燃えてしまっては子供達も寝る所が無くて困るでしょう。冬を前に野宿は危険だ」

「……そうですね、教会が燃えてしまったのではもう……」

今までは教会を出る事を頑《かたく》なに拒否していたシスターだったが、教会が焼け落ちてしまった今となっては意地を張る意味が無くなってしまったようだ。

「ダーヅ様、申し訳ありませんがご迷惑をお掛けします」

「構いませんよ。遠慮なく私を頼りなさい」

うーん、一見すれば部下思いの良い上司なのだが、頬を緩めてニヤけていては台無しだ。

「さて、後残る問題は教会に火を付けた不届き者を捕まえる事ですな。放っておいたら何をしでかすことやら！」

なにやらえらい張り切ったダーヅは拳《こぶし》を天にかざして叫ぶ。我が世の春ですなぁ。

「ははっ、真犯人が言うとは茶番だな」

馬鹿にしたような声が夜の街に響く。

「お前は……」

そこに現れたのは、ヤクザのボスであるログだった。

「真犯人ってのはどういう意味だ？」

俺の問いかけにログはダーヅを指差しながら驚愕《きょうがく》の事実を語りだした。

「今回の放火騒動、いや病気騒動の犯人はそこに居る高司祭って事だよ‼」

ダーヅが真犯人だって⁉

「い、いいいいいいいいい一体何を言っているのだね君は⁉　いいいいいいい加減な事を言うのは止めたまえ‼」

犯人扱いされ怒るダーヅ、って言うか口ごもり過ぎだろう。ここまでくると清々《すがすが》しいくらいに怪しいわ。

「黙れよ、こちとらとっくに調べが付いてるんだ！　お前が周辺国のスパイと手を組んだ本家の三男から病気を広める為の魔法薬を受け取り、流行《はやり》病と称して病を広げていた事をな‼」

スパイとか何かえらい大事っぽくね？　っていうか本家？　……ああっ！　本家！　本家、そういう事か‼

「当時貴様は教会から国内の不要な教会をリストアップする汚れ仕事を請ける事で、将来の高司祭の座を約束された。そしてリストアップされた教会はスパイと繋《つな》がった教会関係者の手引きでスパイを匿《かくま》い、非合法な取引をする為の隠れ家として利用される。さらにその仕事をも隠れ蓑《みの》にして、行く先々の町や村で神の教えを説く振りをして、井戸に放り込んだ魔法薬で具合を悪くした連中に特効薬を混ぜた水を聖水と偽って飲ませたんだ。全く、井戸の聖人とは笑わせるぜ‼」

ああ、なるほど。マッチポンプか。ダーヅは只《ただ》魔法薬をばら撒《ま》くだけじゃなく、それを自分で癒す事で名声を得た。そしてそこに他国のスパイが関わっているという事は、恐らく他国のスパイを斡旋《あっせん》する仲介人としての役割を求められていたんだろうな。その元締めがログやシスターの親が仕えてきた家の主なのか、それとも三男個人なのか、一体どっちなんだろうな？

「そしてその真の目的は病気に見せかけたシスターの暗殺……そうだろう？　ダーヅさんよぅ」

「な、何を言って……」

「お前はアイツが、シスターが跡目争いに敗れた旦那《だんな》様の娘だって知っていた。だから接触してきた。アイツを暗殺する為に」

お、おお？　シスターが次男の娘？　マジ？　てっきり生き残った家臣から復讐《ふくしゅう》されるのを恐れての事かと思ったんだが、まさか血縁者だったのか。

「ねぇクラフタ君、もしかしてコレって……」

横にいたフィリッカが小声で話しかけてくる。

「ああ、当主の座を奪い取った三男は次男だけでなく、その娘からも当主の座を奪われる事を恐れた。だからシスターは教会に身を寄せたんだ」

「どういうことですか？」

名前を偽れないデメリットに対する認識が薄いアルマにはルールの穴を突くという発想が思いつかないらしい。

「この世界では名前を偽る事が出来ない。だが追っ手から逃げるのに本名のままというのはかなり不利に働く」

つまりシスターは本名を偽る事無く、名前に等しい肩書きを手にする事を選んだ訳だ。

教会に住み込みで働く事で、教会に逃げ込んだ「貴族のだれか」ではなく教会の「シスター」となって自分の存在をすり替えた。名前を言わなくても皆シスターと呼んでくれるからな。

「自分の名前を肩書きで隠す事に成功したシスターは、裏でログが守っていた事もあってその素性がバレずに済んだんだ」

恐らくログが教会を出て行ったのもその為だろう。本名を偽れない自分が傍にいては何の意味も無い。だから自分から離れていったんだ。陰から守れるように。

コレが二人を繋いでいた本当の絆《きずな》と言う訳か。

「し、知らん！　三男とは一体誰の事だ‼　大体私がシスターを殺そうとする訳がないだろう‼」

「知らんだとぉ？　お前に魔法薬を渡した奴に決まってるじゃねぇか‼」

「し、知らん！」

「お前が部下を使って定期的にあの男と連絡を取っていたのは知っているんだよ‼　あの日、屋敷から逃げた俺達を捕らえる為に放たれた追っ手の一人だったお前をな‼」

なるほど、三男は教会や商人組合を取り込んだって話だっけ。つまりダーヅも教会の人間として、何かしらの利益の為に三男と手を組んだのか。

じゃあコレまでのシスターラブは全て演技だったのか？

「しっかし、そこまで調べるくらいシスターの事が大好きなんだな。子供の頃に裏切ったダーヅの事まで覚えてるなんて」

「愛よねぇ」

「愛です」

俺達がツッコミを入れると顔を真っ赤にして否定するログ。

「バッ‼　そんなんじゃねぇし‼　勘違いすんじゃねぇぞお前等‼」

何だこの嬉しくないツンデレ。

「ああ、ホント苦労したんだよな。ログさんに言われて教会の不正の証拠を探したり」

「何日もそのおっさんの家を監視したり」

「お前ら余計な事言うんじゃねぇ‼」

自分の部下にさえツッコミを喰らうボスとはこれいかに？　というか……

「つーか、お前等も薬を買い占めしてたじゃないか、それは悪党じゃないのか？」

元々この騒ぎになったのもこいつ等が薬を買い占めしたのが原因じゃないか。

「おいおい、お前も言っただろ？　買い占めて儲《もう》けようとすると捕まるってよ。俺が買ったのはあくまで部下の分だけだ。調べれば分かる。それに顔の売れてる俺の部下が買い占めたらすぐにバレるっての」

あー、言われてみれば確かに。転売対策をしているのにわざわざ危険を冒すかなって、疑問ではあったんだよなぁ。

「こいつ等が王都の外の人間を利用して、薬を買い占められた振りをしたんだ。実際に買い占められたのは国から直接卸された薬屋だけで、教会はかなり数を絞って販売する事で裏では秘密の在庫を大量に抱え込んだ。そして在庫は今夜の内にマジックボックスに入れてスパイに売り渡す。そしてスパイはその薬を使って、国中に広がった流行病の治療の援助を行う。後々この国に大きな貸しを作るための布石だ」

その場にいた全員がログの話に息を呑《の》む。

ただ私欲を貪《むさぼ》るだけじゃなく、国まで裏切るのか。いや、他にも他国と繋がってる奴等がいるのか。

ああ、スクエア男爵が言っていた、武力以外の方法による侵略って言うのはこういう事か。

「あとよぅ、個人的に言わせて貰《もら》えば、随分とタイミング良く来たもんだよな。こんな真夜中に。さしずめシスターのピンチを間一髪救う予定だったんじゃねぇのか？」

ログはダーヅが教会を燃やした理由を推測するが、それってお前がしようとしてた事じゃ無いだろうな。けど言いたい事は理解できる。確かにおかしいとは思ったんだ。

いくらシスターが知り合いだといってもだ、仮にも高司祭に対し、こんな真夜中にオンボロ教会が燃えたと伝えるのだろうか？　普通に考えれば翌日の朝に伝えようと思うだろう。

ダーヅ犯人説も随分信憑性《しんぴょうせい》が高くなってきたなぁ？

「そ、それはディアーナ君が教会の近くに普段見ない不審者を見たと報告してくれたからだ‼」

あからさまに動揺するダーヅ。清々しいまでに怪しい。

「そいつも今夜在庫を外に持ち出す為の囮《おとり》なんだろう？　今頃俺の部下の通報で役人達が確保に向かってるぜ」

「な、なんだと⁉」

とうとう隠し切れなくなったのか動揺を表に出すダーヅ。

「さぁ、おとなしくお縄に就きな。通報先はテメェの仲間の貴族の敵対派閥だ。ごまかしは利かないぜ」

「う、う……」

ダーヅが青い顔で立ち尽くす。コイツもこれで終わりかな。

「あらあら、だらしないわねぇダーヅ。せっかく私が色々お膳立《ぜんだ》てしてあげたのに」

幕引きを遮ったのは、お色気無口系シスターであるディアーナさんだった。

「ディ、ディアーナ君？　な、何を⁉」

突然の事に驚くダーヅ。

「今更ですよダーヅ。ここまでバレていると言う事は恐らく貴方《あなた》の後ろ盾にも手が回っていることでしょう。この国にもまともな人間が居るみたいね」

バレた以上は隠し通す必要など無いとばかりにディアーナさんは三男やスパイについて言及する。

うーん、スパイ確定だな。

「ま、まだだよ、ディアーナ君！　も、目撃者さえ居なければまだやり直せるよ‼」

ダーヅが追い詰められた悪役のお約束の台詞《せりふ》を披露してくれる。なかなか往生際が悪いな。

「ええ、そうですねダーヅ。だって私達が手を貸してるんだもの。まだ終わらせないわ。でもせっかくシスターを始末する為に教会を燃やして差し上げたのに……邪魔者が予想外に早く帰ってきたようで残念だわ」

そう言って俺を見つめるディアーナさんの視線には先ほど感じた悪寒、殺気が漲《みなぎ》っていた。なるほど、悪寒の正体はディアーナさん、いやディアーナか。

「な！　ま、まさか君が教会を⁉」

ディアーナはダーヅを無視して俺に、いや誰に聞かせるでもなく、衝撃的な言葉を呟《つぶや》いた。

「本当に忌々しい……只邪魔をするだけでは無く、私の可愛いマルスを傷つけるだなんて万死に値するわ」

マルス⁉　まさかディアーナはアイツの関係者だったのか。

驚愕に目を見開く俺の姿を見たディアーナは嬉《うれ》しそうに笑う。

「知りたい？　知りたいでしょうねぇ。ええ、いいわ。だったら教えてあげる。冥土《めいど》の土産にちょうど良《い》いものね」

寧《むし》ろ誰かに聞かせたかったんだろうか？　ディアーナはこちらの返事も聞かずに語り始める。

「私は、あの子、マルス＝ウォーホースの師匠よ」

なんと‼　っつーか何でその師匠がこんな所に？

「あの子は数千年の眠りから私を目覚めさせてくれた可愛い可愛い白馬の王子様。あの子との初めての出会いはそれはもう刺激的だったわ」

あれ？　ノロケタイム突入っスか？

「マスターキーによって、長期睡眠装置から目覚めた私を見たあの子はなんて言ったと思う？　そう『可愛い』よ‼　数百万年を生きる私を可愛いと言ったのよあの子は‼」

あー、何と言うかアレか？　古代遺跡から目覚めたヒロイン的なアレか？　と言うか、数百万年とかマジ？　寝てる時間も加算してるのか？

「私は運命を感じたわ！　……でもあの子はとんでもなく残念な子だった」

あ、アホの子だという事は認めてるんだ。

「だから私はあの子を立派な男の子に育てる事に決めたの。私の管理する空中要塞《ようさい》を授け、生体端末で一番性能が良くてかつあの子に恋愛感情を抱かないであろう無愛想な子を教育係に与えたわ。厳しい修行の毎日で一度は逃げ出してしまったけど、あの子は自分から戻ってきてくれたわ。でもやっぱり男の子なのね、『やると決めたらやり通す』なんてかっこいい事言っちゃうんだもの。だから私は心を鬼にしてあの子を更に鍛え上げた」

いやそれは只単に力ずくで連れ戻されただけちゃうか？　そしてミシロにそう言う様に脅されたとか？　っつーかもうダダ甘すぎね？

「第二段階と称して一人で修行をさせる事であの子が一人でも頑張れるように仕向けたわ。でも何かあると困るから、地上の知り合いに頼んであの子を陰ながら見守る事の出来る仕事を斡旋してもらったのよ。もちろん変装して」

……つまりダーツはストーカー師匠の弟子ウォッチの為に利用されたって訳か。

もしかしてマルスは修行が嫌なんじゃなくてヤンデレストーカー師匠から逃げ出す為に脱走したのでは……

「でも……さっき六六六号から連絡があった時は目の前が真っ暗になるかと思ったわ。可愛い弟子が、よりにもよってリスタニアの人間に襲われたなんて言われたんだもの……」

あ、ヤバイ、非常にヤバイ。この御仁、只者じゃない。なんか尋常じゃない怒気と殺気を感じる。これ不味《まず》い。っつーか襲われたのはこっちです！

「やっぱりあの子はまだまだそばに置いて手取り足取り教えてあげないといけないわね。ああ、そういう意味では貴方には感謝しているわ……苦しまずに殺してあげたくなるくらいには」

「ディ、ディアーナ君……き、君達は一体何を話しているんだね？　い、今が大変な状況なのは分かっているのだろう？　き、君は上から私のサポートとしてやって来た筈《はず》だ」

コイツすげぇ、ダーヅはこの殺気と怒気が渦巻く空間のど真ん中に居ながら、その元凶であるディアーナに話しかけている。

「分かっているわダーヅ。ここに居る人間を皆殺しにすれば良いだけのことよ。彼から請け負った仕事はちゃんと果たすわ」

「そ、そうか、ならいいんだ……あ、いや待った！　シスターは殺してはいかん！　他の人間はどうなってもいいがシスターだけはいかん」

ディアーナが味方だと確信できた事で注文までつけだした。ホント神経図太いわ。

「……でもこの事を覚えていたら困るわ。まぁ魔法具で記憶を奪ってまっさらな頭にしてしまえば良い事だけど」

「っ‼　そ、それは困……」

ディアーナの言葉にダーヅが慌てる。ダーヅはディアーナが魔法か薬でシスターを記憶喪失にでもして、自分のことを忘れられることを恐れているのだろうが、実際には記憶喪失なんて生ぬるいものではなく文字通りすべての記憶を無くして赤ん坊状態にされてしまうかもしれないからだ。

マルスの師匠ならそれくらいの事が出来てもおかしくない。何しろ、さっきまでの発言を聞く限り、俺の師匠達と同じ古代魔法文明の生き残りの様だからな。

「嫌なら殺すわ」

「……わ、分かった」

ディアーナの言葉に嘘が無いと悟ったのか、ダーヅは真っ青な顔で頷《うなず》く。そのくらいの罪悪感はあるのだろうか。少なくともシスターの事が好きってのは本当なのかな。

「物分かりの良い子って好きよ。ふふ、それにあのシスターの頭をまっさらにしたら貴方が一から仕込めばいいじゃない。貴方だけに懐く様にね……」

コレはマッドな人ですわー。そう言ってディアーナが懐に手を入れると、そこからとても大きな七色に輝く剣が現れる。

それを見た瞬間とんでもなく嫌な予感に襲われる。剣はディアーナの身長よりも大きく、幅もまた馬鹿みたいに広い。まるで縦長の盾に持ち手を付けたみたいな大剣だ。

俺は反射的に七天夜杖《しちてんやじょう》を取り出しシールドモードに変形させて身構える。だがこの位置では多くの命を巻き込んでしまう。

本能的な直感に従い、壁を蹴《け》って建物の上に跳び上がり、無駄と分かりつつもディアーナに向かってウインドシューターの魔法を放つ。

だが俺の魔法は突然現れた霧に包まれ溶けて消えた。

「霧の上級魔法よ、周囲一帯に霧の結界を張るの。誰も傷付けない無害な魔法だけどこういう事にも使えるのよ」

やられた‼　魔格の共振か⁉　俺の下級攻撃魔法は周囲一帯に張られた霧の上級魔法にかき消され無力化してしまった。

せめてもの抵抗に、盾に変形させた七天夜杖に注ぎ込めるだけ魔力を注ぐ。

俺の魔力を帯びた盾は四方に展開し、大型の盾に変わる。この七天夜杖シールドモードは魔力を流し込んだ分だけ硬くなる「魔力盾」の魔法プログラムが刻んである。ただ、常人を遥《はる》かに凌駕《りょうが》する程の魔力を持つ俺ではあったが、あいにくと七天夜杖に込められる魔力には限りがあった。技術的な問題と素材的な問題である。

それを踏まえた上で俺は七天夜杖が耐えられるギリギリの魔力を流し込んで攻撃に備える。

「準備は良ーい？」

ディアーナの声に寒気が走る。

「吹き飛ばしなさい、七虹《シチコウ》」

そして俺はその言葉通り吹き飛ばされた。

七虹と呼ばれた剣から放たれた七色の光はそれぞれが火、風、水、土、雷、負、純粋魔力の七つの魔力となって俺に襲い掛かってきた。

当然七天夜杖で防いだが、いかんせん出力が違いすぎた。こちらの出力を一〇とするなら向こうは一〇〇。結果、一〇の魔力は相殺できても残り九〇の魔力の直撃を受ける事になった。

「クラフタ様ぁぁぁぁぁぁぁぁ!!」

「クラフタ君っっっ!!!」

アルマとフィリッカの悲鳴が聞こえる。だがあいにくと体がピクリとも動かん。状況を把握する為ステータスと念じる。

頭の中に映し出された数字が状況のヤバさを物語る。

生命力：335／1400
魔力：2300／2500

おいおい、たった一発で一〇〇〇以上生命力を削られたってーのかよ。こりゃヤバい、このままだと死ぬな俺。

「あらあら意外にしぶといのね。もう、抵抗しなければ楽に死ねたのに」

世間話をするくらいの気安さで話しかけてくるディアーナ。いやいや、抵抗しない訳にはいかんでしょ。とはいえ体が全然動かんな、コレは年貢の納め時と言う奴だろうか？

うーん、異世界に来て二度死を体験する事になろうとは。もう感覚が麻痺《まひ》してきて怖いとか悔しいとか言う感覚すら起きんなぁ。それくらいに俺達の間には実力差があった。

たった一発の攻撃だけで思い知らされた。正しく大人と子供の差だ。ここまで差があると感動的ですらある。

……なんて思うかー‼　不味い！　かなり不味い‼　このままだと本気で殺されるぞ‼　だが体が全く動かない。宝物庫のポーションを飲むことすら出来ない有様だ。

「じゃあ今度こそさようならね」

ディアーナが剣を構える。あ、こりゃ死んだわ。

そして剣が振り下ろされる。

「やめてぇぇぇぇぇぇ‼」

「えっ？」

夜を引き裂く声と共に俺の体に覆いかぶさったのはアルマだった。

「なっ！」

俺とディアーナの声が重なる。だが振り下ろされたディアーナの手は止まらない。

「逃げ……‼」

逃げろ‼　その言葉すら言い終わらぬままに俺達は光に呑み込まれた。


「あらら、馬鹿な子ねぇ。自分から死にに来るなんて。……ああ、もしかして恋人だったのかしら？　だとしたらちょっと可哀そうな事をしたわね。でも、あの男の子にとっては幸せだったかもね。だって好きな人と一緒にあの世に行けるのだから、寂しくはないでしょ」

「そんなわけあるか――――‼」

独りごちるディアーナにフィリッカの飛び蹴りが炸裂《さくれつ》した。

「きゃあ‼」

「よくも二人を‼」

そのままマウントポジションになってディアーナを殴ろうとするが所詮《しょせん》は素人《しろうと》。すぐに体勢を立て直され逆に腕を捻《ひね》られて無力化されてしまう。

「ああっ‼」

「もしかして家族？　だったら御免なさいね。今の一撃は甘んじて受けさせて貰《もら》う事にするわ」

「ふざけんじゃないわよ‼」

鬼気迫る様子のフィリッカに対して、ディアーナは全く応えた様子も見せない。

「だって仕方が無いじゃない、もう二人共消し炭になってしまったんだから。終わったのよ、諦《あきら》めなさい」

「っ！　そんな事‼」

「そうだ、諦める必要は無い」

そこにありえない声が響いた。

「まだ終わってはいない。まだ絶望するには早い。何故なら……」

そこにありえない姿があった。

「貴方《あなた》は……」

ディアーナが憎々しげな目でその姿を睨《にら》みつける。

「彼等はココに生きているからだ」

俺の師匠クアドリカ＝ベルフェリオ＝ロンブルの姿がそこにはあった。

「僕も居るよ」

「コ、コル師匠……？」

そこにいたのはいつものミイラ男ではなく、穏やかな顔をした青年だった。

「ここでいつもの姿をさらす訳にはいかないからね」

ああ、それもそうか、コル師匠はミイラ男。そんな存在が夜とはいえ王都をうろついていたら大変だ。

「七色の魔女、生きていたとはな」

黒いローブに片眼鏡をかけた性格の悪そうな男がひょっこりと湧き出る。コレはまさか……

「パルディノ師匠⁉」

「今誰か失礼なこと考えなかった？」

まるで俺の心を読んだかのように俺達に問いかけてくる。

「考えてませんよ」

というかこの人今まで念語ブッチぎったり居留守使ったりと、好き放題にしてくれたよなぁ。

「大丈夫、後でたっぷり締め上げるから」

コル師匠、頼もしい発言です……

「って何でここに師匠達が!?」

元々師匠達は国に関わらない為に隠居を選んだ筈、その師匠達が一体何故?

「先ほどの通信で聞いた魔法具というのが気になってね。もしや昔の知り合いではないかと思ったのさ」

クアドリカ師匠がディアーナから目を逸《そ》らさずに告げる。

「生きていたのねクアドリカ」

ディアーナが敵意も隠さずに語りかける。

「ああ、君も元気そうだねディアーナ」

どうやら二人は知り合いのようだ。けど、お互いに敵対する国に所属していたんだよなぁ?

「悪いんだが、今回は私の顔を立てて引いてくれないかな」

「嫌だといったら?」

「そこを何とか」

クアドリカ師匠は拝むようなノリで頼み込むが、ディアーナは聞く耳を持たずに剣を振る。

「引き裂きなさい七虹」

その途端七虹から巨大な三つの三日月が放たれる。その姿はまるで虹で出来た爪だった。

爪はまっすぐにクアドリカ師匠に迫る。

「『喰らえ』飢石《きせき》」

隣にいたパルディノ師匠が声を上げた途端、クアドリカ師匠を狙っていた虹の爪が突然向きを変えてパルディノ師匠の方に向かって行く。

そのままパルディノ師匠にぶつかるかと思えた虹の爪は、パルディノ師匠が持つ石に吸い込まれて消えてしまった。

「吸魔石だ。コイツは放出系の魔法を吸収する事が出来る」

完全な魔法使い殺しじゃないですか。

パルディノ師匠に攻撃を封じられたディアーナは忌々しげにパルディノ師匠を見る。

「クアドリカ、コル、パルディノ……リスタニアの三大魔導師のおでましとはね。と言う事はその子は貴方達の誰かの弟子と言う訳?」

何やら凄《すご》そうな設定が出てきた。

「ああ、私達全員の弟子さ」

笑顔で答えるクアドリカ師匠。なんか煽《あお》ってるようにも見えるんですが。

「ふーん、そんな可愛い子を目の前にして帰るのももったいない話……ね!!」

そう言うなりディアーナは両手から波を打ったような形のナイフを投げてくる。その数八本。

「切り裂きなさい深碧《シンペキ》!!」

ディアーナの声に従う様に、波打つ刃《やいば》がゆらゆら揺れつつも、消えたり現れたりしながら俺に向かって不気味に飛んでくる。

「空間を切り裂いて飛んでくる深碧を防ぐのは至難の業よ！　どうやって弟子を守る？」

すかさずパルディノ師匠がどこかで見た箱状の魔法具で迎撃するが、全てすり抜けてしまう。

「空間潜行型の魔法具か！」

「じゃあ僕の番かな」

ふらりと前に出たコル師匠が手をかざす。

「黒点」

コル師匠の魔法が発動した途端、周囲にある物が凄い勢いで吸い込まれていく。これまさか……

「限定範囲内にブラックホールを発生させる魔法だよ」

やっぱりかー!!　ってかヤバイ!!　吸い込まれないように必死になって建物にしがみ付く。アルマや子供達は!!

吸い込まれないように気をつけながら周囲を見まわすと、皆が吸い込まれ……ていない？

何故か俺達の後ろに居るアルマやシスター達は何も起きてないかのようにこちらを見ている。まるで壁を区切ってその中だけで嵐が起きているかのように。

コレが限定範囲内と言う訳か……って言うか俺がその範囲内に居るじゃん!!

だが幸いにも黒点はディアーナの深碧を吸い込んだ所で満足したように消えていった。

どうやらあのナイフはこの世界と亜空間を行ったり来たりしながら攻撃してくる武器だったようだ。

亜空間に居る間はこちらの攻撃が通じないが、向こうが攻撃する為にはこちらの世界に出てくる必要がある。

そしてこの世界に出て来た所でブラックホールに吸い込まれてしまった訳だ。

わずかな時間でありながらとんでもない魔法具や魔法の応酬が起きている。コレが古代魔法文明の戦いって訳か。

ここでようやく不利を悟ったのかディアーナが下がる。

「さすがに三大魔導師相手に何の準備も無しというのは分が悪いわね」

「分かってくれたかい？」

クアドリカ師匠が交渉モードに入ろうとするが、ディアーナは未《いま》だ剣を下ろす気配を見せない。

「ええ、でも私の可愛い弟子を傷つけられて手ぶらで帰る訳にもいかないのよね」

クアドリカ師匠は「ふーむ困った」と言いながら考え込む。全然困った感がないが。

「ではこうしよう。いずれ成長した互いの弟子達を戦わせるというのはどうだい？」

「弟子を？」

「そう、元々この戦いは弟子達のモノだ、だったら本人達に決着を付けさせるのが筋だろう」

けど、このストーカー師匠がそんな簡単に納得してくれるとは思えないんだけどなぁ。

「……分かったわ」

あれ？　あっさり？

「ここは引きましょう」

「分かってくれて助かるよ」

ディアーナは本気で納得したのか剣を収める。

「試合の日時は？」

「いずれお互いの弟子が一人前になったと感じた時」

玉虫色の返事と言う奴ですな。

「分かったわ。ではその時まで」

そう言ってディアーナは腕につけた装飾品に触れる。するとディアーナの体が突然宙に浮いた。

「うわぁぁぁ‼」

「ひ、人が浮いた⁉」

ダーヅの取り巻き達が騒ぎ出す。師匠達の戦いで蚊帳《かや》の外に置かれていた彼等だったが逃げずにこの場に残っていたようだ。逃げられなかっただけかもしれないが。

「じゃあねー」

軽い別れの挨拶《あいさつ》をしてディアーナは夜空に消えていった。

「台風みたいな女だったわねー」

フィリッカの言葉はまんま俺達の感想でもあった。

「でも何故素直に帰ったのでしょう？」

これまたアルマの言葉もその通りであった。

そしてそれにはコル師匠が答えてくれた。

「単純に準備もなしに僕達と戦いたくなかったからさ」

そりゃシンプルな理由だ。

「目の前の事に熱中しやすい性質《たち》だが、あれでも我々よりも年季が入っているからね。しかし随分やられたものだね。ああ、丁度良《い》い所に新開発の薬があった。さぁコレを飲みたまえ」

なんだか嬉《うれ》しそうに薬を勧めてくるクアドリカ師匠。これ絶対不味《まず》い奴だ。だがかなりの手傷を負った俺としては断る事もできず、泣く泣く薬を飲むこととなるのだった。

あえて味を言うのなら『じっくりコトコト煮込んだサイダー味のスライム』と言う感じだろうか。不自然な甘さのとろとろポーション……

「鬼のディアーナ、カルバニアの鬼将軍と呼ばれた鬼人だ。数百万年の時を生きてきただけあって戦闘の経験値は相当なもんだぜ」

パルディノ師匠はディアーナの消えた方角を見ながら呟《つぶや》く。心持ち緊張しているようにも見える。姿が見えなくなってもなお警戒の必要がある相手って事か。


師匠の薬で一命を取りとめた俺は今後の相談をしようとしたのだが……

「アイツは渡さねぇ!!」

「シスターは渡さん!!」

気が付いたらログとダーヅの戦いが再開していた。

もはや追っ手でありスパイである事がバレた事は明後日《あさって》の方向に投げられており、すっかりシスター争奪戦の様相を呈していた。

「あ、諦められるモノか!! シスターは私のモノだ!! ようやく出会えたのだ! 私の聖女に!!」

言うや否やログに掴《つか》みかかるダーヅ。

「どいつもコイツも心の醜い愚か者ばかりだ!! 権力争いに現《うつつ》を抜かす上層部、自分が救われる事しか考えない信者共‼　どいつもコイツも自分の利益しか考えておらん‼」

なんとも耳の痛い話だねー。

「そんな中、遂《つい》に見つけたのだ！　下劣な下町の住人達の中で、ただ一人だけ己を顧みず孤児と言う雑草を進んで己の内に抱き寄せ慈しむ、慈愛！　まさに聖女‼　聖女‼　聖女だ‼」

うーん、素晴らしいまでに拗《こじ》らせてるな。さすがのシスターも顔を真っ赤にしている。

あ、あーそうか。教会に寄付をしていた謎の足長おじさんの正体はダーヅか。

正体を隠して援助したのがダーヅで、借金と言う形でシスターを保護しようとしたのがログか。

「この国は近く他国によって蹂躙《じゆうりん》される！　だから私が聖女を保護しなければいけないのだ‼」

他国ねぇ。一体どこの国なのか是非聞かせて欲しい所だ。

「さぁシスター！　私と共に行こう！　君はこのような所で朽ち果ててはいけない‼　私と共に祝福された人生を歩もうではないか‼　何、心配要らない。教会にも貴族にも我々の同朋《どうぼう》は多い、こんな事件すぐに揉《も》み消せる‼」

錯乱しながらシスターに愛を囁《ささや》くダーヅ。一寸《ちよつと》したプロポーズなんだけど内容がヤバいなコレ。

それに事件を揉《も》み消すのはちょっと難しいぞ。なにせこの場には国王に直接意見を言える人間が二人も居るわけで。

「……さっきから聞いてりゃテメェ、誰がお前のモンだ⁉　あ？　やんのかコラ？」

ダーヅのプロポーズ？　に切れたのか昔の不良漫画な台詞《せりふ》でタンカを切るログ。

「シスターは君のモノではない……君のようなチンピラが彼女の傍にいるのは精神衛生上大変良くない。身の程をわきまえて彼女の下から消えたまえ」

おおぅ、二人共、目がマジだよ。

「はっ！　お上品な坊さんは言う事が違うな。だがなぁ、俺とアイツはガキの頃から一緒だったんだよ！　頼るべき相手もいねぇ、帰る家もねぇ、大人は誰も助けちゃあくれない。冬の寒さを凌《しの》ぐ毛布も無く、寄り添って互いの体で温めあってギリギリで冬を越せた。文字通りヌクヌクと守られて育ったアンタとは住んでる世界が違うんだよ‼」

もう昼ドラの世界になってきたな、ああ、フィリッカが懐からオヤツを出して食べ始めた。完全に観戦ムードだこりゃ。

「アイツは俺が守るんだ！　だから消えるのはテメェの方だ！」

「いいや！　彼女は私の妻になるのだ‼」

陰で暗躍する男達の熾烈《しれつ》な戦いでは無かったのだろうか？

「アイツは昔っから危なっかしくて、俺が守ってやらなきゃ何度誘拐されていたことか‼」

ログが吼《ほ》えればダーヅも叫ぶ。

「処分の決まった教会に今も援助金が入るのは誰のお陰だと思っている？　金も出せない男では甲斐性《かいしょう》が無いとは思わないか？」

「吐《ぬ》かせ！　テメェが教会を切り捨てた張本人だろうが！　恩を着せて善人ぶるんじゃねぇ‼」

いつしかにらみ合っていた二人は、取っ組み合いの喧嘩《けんか》を始めていた。

荒事に慣れた若いログが有利かと思われていたが、意外や意外ダーヅもなかなかに善戦していた。

「テッメェ！　坊主の癖して何喧嘩慣れしてやがんだっ！」

「ふふふふ、驚いたかね？　コレでも若い頃は神官戦士団に所属していたのだ。君の様な訓練もしていないチンピラになどぉぶぉ!?」

ヤクザのストレートが決まる。

「チンピラが何だって!? このロートルォブゥォ!!」

ダーヅのフックが決まる。

二人は一進一退の攻防を繰り広げる。

「いいぞー! もっとやれー!!」

「司祭様に賭《か》ける奴は居ないか!?」

「司祭様に銅五!」

「ボスに銀二」

「司祭に銅四!」

さっきまでのシリアスな話を忘れ、下町の住人達は早速二人の対決を賭け事に利用し始めた。


一進一退の攻防で殴りあっていた二人だったが、そろそろ終わりが近づいてきた。

体力が切れて動けないダーヅ、老練なテクニックに翻弄《ほんろう》され、ダメージの蓄積したログ。

おそらく次の攻撃が最後であろう。

それが分かっているのか、二人は呼吸を整え、乱れた構えを正す。

「コレでっ!」

「終《しま》いだ!!」

互いの顔面を狙い、拳《こぶし》を突き出す二人。

だがその攻撃が互いに届く事は無かった。

「いい加減にして下さーい‼」

突然割って入ったシスターの飛び蹴《げ》りを喰らいログが吹き飛ぶ。更に突然の事で動きが止まったダーヅの顔面に正拳突きを見舞うシスター。良い動きしてんなー。

「もう止めてください！」

「な、何をするんだね」

「そうだ、俺はお前のために‼」

「私の意思を無視して勝手に争わないで下さい‼」

ごもっとも。

「それに私は貴方《あなた》達の思いに応える事は出来ません‼」

「何故だね！」

「まさか他に男がいるというのか⁉」

ヤクザはハッとした顔で俺を見る。

「コイツか！　コイツが教会の援助と引き換えにお前を‼」

それアンタがやろうとした事やん。

「違います、その方は関係ありません。いえ、そんな事はありませんね。その方のお陰で私は全てを曝《さら》け出す勇気を持つ事が出来たのですから」

「一体何を言っているんだね？」

突然乱入した美しきシスターの演説に、周囲の観客も声を殺して見入っていた。

「二人共よく聞いてください、私は、私は！」

シスターの言葉を聞く為に、周囲が自然と静かになっていく。

「私は男なんです‼」

「……」

「……」

「……」

「……」

「……」

「……」

周囲が沈黙で包まれる。

「「「「はっ⁉」」」」

その場に居た全員が聞き返した。

「ずっと前から言おう言おうと思っていたんです。でも言えなくて……」

「あー、そう言う事ね。だから教会の管理を任されたのかー」

フィリッカだけが一人納得顔で頷《うなず》く。

そしてシスターは驚愕《きょうがく》の事実を語り出す。

「私が生まれた時、いえ生まれる前から叔父《おじ》は跡継ぎの座を求めて暗躍していたそうです。そして後継者である伯父《おじ》だけでなく、次男である父、そしてその子である私もまた標的として狙われていました」

確かに、生まれた子が男なら次代の跡継ぎになる可能性もある。それに人質として捕らえて次男に跡継ぎの座を辞退させる事も可能だろう。

「だから父は私を女として育てました。女ならば政略結婚で他家に嫁に出す事で命だけは助かる可能性があるからです」

んー？　それって不味くないか？

「それだと性別がバレたら不味くない？」

同じことを思ったらしいフィリッカがシスターに問いかける。

「はい、貴女《あなた》の言うとおりです。只《ただ》この場合、男とバレるまで私の命の危険が減ると言う事が重要なのです」

ああ、なるほど。

「暗殺の危険を減らす為って訳ね」

「はい、そして他家に嫁に出されてバレた場合、恥を掻《か》くのは当主になった叔父です。自分の甥《おい》の性別も知らなかったのかと敵対する貴族達に嘲笑《ちょうしょう》される事でしょう。そしてそれはそのまま嫁ぎ先の家のカードとなります。なにしろ嫁を送ってきた筈《はず》が男だったのですから、相当有利な取引が出来る事でしょう。そういう意味でも私の身の安全は保証されます」

スゲー、次男の人はよく考えたもんだ。一歩間違えれば周りも巻き添えにする壮絶な自爆になる所だっただろうに。

「ですが叔父は父の予想以上に小心者だったようで、急ぎ私達一家を皆殺しにしようとしました。幸い、父を慕っていた使用人達が危機を知らせてくれたお陰で逃亡に成功しましたが。その後は皆さんも知っての通りです。母の実家がある隣国に向けて逃げていた私達一家と父直属の使用人達でしたが、刺客に襲われ私とログだけを残して殺されてしまい、追っ手から逃れる為に孤児に身をやつし、教会の神父様に拾われてからもずっと女として過ごしてきたのです」

全てを話したシスターはようやく肩の荷が下りた様ですっきりとした顔をしていた。物心付いた頃から共にいた幼馴染《おさななじみ》と教会の子供達に嘘を吐き続けていたのが相当ストレスだったのかもしれないな。

正体を隠すために女の格好をしていた事を心苦しく思っていたのだろう。唯一知っていたのが懺《ざん》悔《げ》室で女装をしている事を聞いた当事の教会の神父だけだったとか。

神父は自分が死ぬ前に教会の管理者をシスターに変更。書類上は男だったので、場末の教会に確認に行く物好きもおらず、誰にも気付かれること無く今日までやってこられたらしい。だが神父が管理を委託する書類にうっかりシスターの本名を書いてしまった事でダーヅに正体がバレてしまったという事か。神父ボケてたんじゃゃね？

「だから……ごめんなさい、私は貴方達の愛を受け止めることが出来ません」

口を開けてポカーンと呆《ほう》けながら震えるダーヅとログ。

「お！　男でも、男でもかまわぁぁぁぁぁぁん‼　わ！　私の妻になってくれぇぇぇぇぇい‼」

「だ！　だから私は男で‼」

「かまわん‼　私と共に新しい世界を開いてくれぇぇぇぇ‼」

純愛だなぁ。

「い、イカン、衝撃のあまりダーヅ様がご乱心召された！　落ち着いてくださいダーヅ様!!　このような所を誰かに見られたら枢機卿《すうききよう》の座を狙うどころではございませんぞ!!」

そんなモン狙っとったんか。取り巻きの司祭達がシスターの腰にすがりつくダーヅを引き剥《は》がす。

うーんカオス。

「あ、ロ、ログさん一体どこへ行くんですか!?」

「遠い……所へ……ああ、海なんかいいなぁ。暖かい海なら女も薄着だろうから騙《だま》される事も無いだろう……南の幼馴染は女装してないと良《い》いな」

「ログさぁぁぁぁぁん!!」

あっちはあっちで心に深い傷を負ったみたいだな。ずっと命を賭けて守ってきた主《あるじ》の忘れ形見にして心を寄せる相手が男と分かったらこうもなるか？

「……あー、じゃあ私達は帰るとするよ。修行はちゃんと続けるんだよ」

「あ、はい」

なんとなく、その場の雰囲気に流されて師匠達は帰ってしまい、ディアーナ達についての対策を相談しそびれてしまった。

そしてその事に気付いたのは翌日の朝になってからだった。


そんなこんなでシスターを狙う一連の騒動は終結し、ダーヅは健康上の都合で高司祭の座を降り、空気の綺麗《きれい》な田舎の教会に静養を兼ねて異動する事になったそうだ。うん、左遷だね。

教会は国の機関では無いから国にダーヅを罰する権限は無い。だが日本で言う外患誘致罪に等しい行為である以上、教会としても国の意向を無視する事は出来なかった。

具体的な内容は分からないが、国は教会に対して相当大きな貸しを作ったみたいだ。

それを証明するようにダーヅに関してはわざと生かしておいて関係者の情報を引き出そうとしている節があった。

シスターの叔父である三男を始めとした敵国と通じていた貴族達は戦争容認派、つまり湖の派閥の中の強硬派と判明。彼等は隣国との戦端を開く為にわざとスパイと繋《つな》がっていたそうだ。

彼等の目的はスパイが流行《はやり》病をもたらした事を建前に戦争の大義名分を得て、周辺国と同盟を結んで侵略を正当化するというモノだった。

で、それがバレた強硬派達は当主の座を強制引退させられ、穏健派の親戚《しんせき》に当主の座を奪われる事となり、更に多額の罰金を支払う事となった。

昔の日本ならお家断絶とかありそうな話だが、あまり貴族を罰しすぎるとそれはそれで恨みを買ったり、明日《あす》はわが身と逆に新たな離反を招きかねないらしい。バランスって大事だね。

と言うか、多くの貴族と国に根付いた宗教のお偉いさん達の中に敵国と通じた人間が居て、そいつらの所為《せい》で病気が流行していたという事実は、公表するにはあまりに危険すぎた。

そんな連中を野放しにしていたとバレたら王室の支持率低下に繋がりかねないからだ。

流行病の件についいては結局黒幕の国はわからず、その件については箝口令《かんこうれい》が敷かれた。

捕らえたスパイ達も全員使い捨ての駒で、大本に行き着く前に繋がりが途絶えてしまったらしい。

マルスから没収した魔法具の内、魔法具狩りで奪われた物については有料で返却する事にした。

魔法具は確かに貴重だけれど、俺でも作れるようなモノは持っていても箪笥《たんす》の肥やしだし、良いモノは構造や魔法プログラムなどのデータさえ手に入れれば後で再現できる。

買い戻してでも魔法具を取り戻したい人達には良い値で売れ、結構な儲《もう》けになった。

中には持ち主が現れなかった魔法具もあり、そういったモノは俺のモノにすることにした。


そしてログだが、ある日突然王都から消えた。噂では海沿いの町に向かう姿を見たとか。

◆

教会が焼けて住む場所の無くなった子供達は、残されたログの元部下達と共に製紙業を始めた。

なんでも、もうシスターにだけ負担をかけたくないとの事だ。気持ち視線がシスターから逸《そ》れていた気がしないでもないが。

子供達は紙作りを、元部下達はヤクザ時代のツテを利用して販売と用心棒を担当しているらしい。

ボスであるログがいなくなった事で、彼らは他のアウトロー達を抑えきれなくなり。それをきっかけに足を洗ったそうだ。

教会の子供達と元部下達の間にある確執について心配だったが、その辺はログの本心が暴露された事で手打ちとなった。シスターの負った借金は実質ログからの援助だったとも言えるからだ。

で、シスターだが。

「当教会へようこそ、マエスタ男爵様」

男である事を告白したシスターは吹っ切れたらしく、長かった髪もばっさり切ってショートカットになっている。

そして驚いた事にシスターは神父の格好をしていた。

美女だったシスターが神父の服を着た姿はまさしく男装の麗人のようだ、髪を短くした事でイケメン度が凄《すご》い事になっている。

空き家を改装したらしい新教会は決して良い建物とは言えなかったが、シスターの美貌《びぼう》に引き寄せられた人々が連日やって来て大盛況なのだとか。

今では貴族街のご婦人まで礼拝にやって来る程だそうである。

「あ、シスターの格好が見たかったら明日来てください」

なぬ？

「その、今までずっとシスターの格好だったので、女物の服でないと落ち着かなくて……」

だから日替わりで男女の服を替えて過ごしているのだとシスターは言った。

「マエスタ男爵様が紙作りを教えて下さったお陰で、皆も服を選ぶ余裕が出来ました。本当に感謝しています！」

うーん、本人がそれで良いのなら良いのか？

余談だが、休みの日にシスターがフリフリのゴスドレスを着て、ウインドウショッピングを楽しんでいたという情報が入るのだった。

悪化してませんかねぇ。

エピローグ「パレード」

その日王都はお祭り状態だった。

数日間に渡り王都の人々を悩ませた霧が晴れ、更には元獣と呼ばれる神聖な魔物が人々の前に姿を現したのだから騒ぎにならないわけが無い。

そんな王都の街のメインストリートを俺達は歩いていた。

俺、フィリッカにアルマ、そしてミヤと話題のキャッスルトータスは人々の好奇の視線を浴びながら王城へと進んで行く。

皆服装はいつもの私服ではなく、フィリッカとアルマは式典用のドレス、ミヤは貴族に応対する際の為に支給されたらしい礼服。

そして俺は冒険者風の格好でコーディネイトしている。ただしその服装は貧相な皮鎧《かわよろい》などでは無く希少《きしょう》で高級な素材を使用した一級品だ。

デザインもミヤに用意してもらった古代魔法文明時代の有名衣装デザインを流用しており、古代遺跡から発掘した希少な品に見えなくもない。

見る人が見れば分かる装備一式は俺に冒険者としての箔《はく》を付けるために必要なのだとか。

なにしろ俺は、傷を負って深い霧を発生させたキャッスルトータスの子供を保護した英雄と言う事になっている。

そうすることでキャッスルトータスを王城で保護する名目が立つのだとか。

四元獣は神聖な存在だから国家が所有すると周辺国家が大喜びで政治的な攻撃材料にするらしい。

それでアルマの病気を治した功績で貴族に出世した俺を使い、保護の名目に説得力を持たせた訳だ。

「アレが噂の子供貴族様か、ホントに子供なんだな」

「不治の病で苦しんでた第二王女様の病気を治したんだろ？」

「じゃあフィリッカ様のお隣にいらっしゃるのが第二王女のアルマ様なのか？」

「けどあんな子供がどうやってそんな病気を治したんだ？」

「かなり腕のいいアルケミストらしいぞ」

「マジかよ⁉」

俺の話をする人々の声が聞こえてくる。

「しかも今度は伝説の元獣を連れてきたって言うじゃねぇか」

「大怪我をしてたのを保護したって話だが」

「霧の原因もあの元獣らしいじゃないか」

「それを助けてあんなに懐かれたんだろ？」

確かに、このキャッスルトータスは俺にすこぶる懐いている。それこそペットみたいな状態だ。

餌をやって傷を治してやった程度なのにチョロすぎるにも程がある。

城に行くにもキャッスルトータスの歩みは遅い。結局コイツが城に到着するまで否《いや》が応でも客寄せパンダとして注目の的になるのだった。

それこそ陛下たちの望んだとおりに。

シスター達のゴタゴタが終わり、ようやく教会から帰って来た俺達に説教をしようと待ち構えていた陛下達だったが、事件のあらましを説明した際に、ついでとばかりにキャッスルトータスを保護した事を伝えたら家臣一同大騒ぎになってお説教どころではなくなってしまった。

「キャッスル……トータスだと……？」

「はい」

「い、一体何があって元獣と出会ったのだ？」

「色々ありまして。それで怪我の治療が終わるまで城で保護したいのですが宜《よろ》しいでしょうか？」

「う……うむ、だが内容が内容だけに余の一存で決めるのは危険だ、大臣達や神殿の上層部との摺《す》り合わせが必要になる」

ふぅ、と陛下がため息をつく。

「お主もよくよく余を驚かせてくれる」

そういって呆《あき》れたようなしぐさをとる陛下だったが、その顔は少し楽しげだった。

数百年に一度の確率でしか人前に姿を現さない元獣の子は、悪意を持った者達に希少な素材として狙われる危険がある。

だが元獣を隠れて保護すると、政治的な意味合いからそれはそれで他国の余計な不信を買うことになるのだとか。まったくもって面倒なことだ。

だからこんな無駄なパレードめいた真似までして元獣の保護を謳《うた》うのだとか。

そしてようやく俺達は王城に到着する。キャッスルトータスの歩幅に合わせたからざっと一時間くらいは掛かったな。だがそのまま王城の中に入らず野外式典広場に向かう。そこは国民も呼んで大きな発表を行うための場所でもある。

仮にも魔物であるキャッスルトータスを城の謁見の間に運ぶのは色々問題があるので、何かあった時に対処し易いこちらの会場が選ばれた訳だ。

式典広場に入ると、既に入っていた多くの人々の視線が俺達に集中する。

「クラフタ＝クレイ＝マエスタ男爵、前へ」

進行役に呼ばれ、式典用に用意された玉座に座って待っていた陛下の下に向かう。

陛下の前に到着し臣下の礼を執る。

「クラフタ＝クレイ＝マエスタよ、良くぞ神聖なる元獣の子を保護してくれた。褒めて遣わす」

「身に余る光栄にございます」

「そなたにはふさわしい褒美を授けねばなるまいな、ふむ…」

陛下は一旦考える素振りを見せて言葉を再開する。

「クラフタ＝クレイ＝マエスタよ、そなたにターゼの地を治める事を許可する。冬が明けた後に領地へと向かい、良く治めるが良い」

「ありがたき幸せ。そのお役目、全霊を以《もっ》て当たらせて頂きます」

「うむ」

こうして式典は終了し、俺はわずか一三歳（外見年齢ではあるが）にして領地持ちの貴族になった。

◆

「ところでターゼの地ってどんな所なんですか？」

式典が終了し王城で開かれたささやかな祝いの席で、ふと思った疑問を口にした。

式典前の打ち合わせで領地を貰《もら》える事は知っていたが、そこがどんな土地なのかは知らなかった。

「ターゼの地か、あそこはシャトリア王国との国境が近い事以外にめぼしいものは無いな」

バクスターさんが夢も希望も無い事を言う。

「湖があるわよ」

「山もあるな」

「大きな鉱床があるという噂もあるな」

オクタン伯爵達、渓谷の派閥の言葉に世知辛いものを感じる。

「つまり僻《へき》地《ち》の田舎なんですね」

皆が視線を逸《そ》らす。思いっきり態度で答えてるよ。

「仕方あるまい、貴公の偉業に見合うだけの褒美を与えねば周辺国に示しがつかん。だが金銭では
いかにも無粋であるし、爵位を上げるだけでも嘗《な》められる。明確な価値が必要なのだ」

とは、湖の派閥であるスクエア男爵の言。なにやら貴族の面倒なメンツというモノがあるらしい。

「となれば領地を与えるのが順当だが」

「良い土地を与えるとうるさい連中が足を引っ張ろうとしてくるのは目に見えている」

「未開発の土地ではあるが多少は人も住んでいるし水や食料も豊富だ」

「将来性はある土地よね」

「王女を妻に迎えるんだ。それなりに価値のある土地で無いとな」

自分の領地で無いからと皆好き放題に言ってくれる。

っていうか、領地を授けると陛下に言われた時はマジ焦った。子供の俺を領主にするなんて完全に囲い込みじゃん。

「それだけ聞くといい土地に聞こえますけど」

とはいえ頑張って開発すればいいんじゃね？　とも思ってしまうんだが。

「確かに将来性はある、だがそれは数十年、数百年後の話だ」

「開発には時間が掛かるのだよ。とはいえ君なら開発も楽に進む事だろう」

君の魔法具を使えばね、と付け加えるオクタン伯爵。

ああそうか、この世界には地球のように便利な工事機械は無いんだっけ。

つまり開発のペースも地球よりずっと遅い。

例えばの話だが、古代エジプトの王様は自分が王に即位した日から自分が埋葬されるピラミッドの建設を始めていたらしい。

この世界は一度文明が崩壊しているから技術の進歩にムラがあるんだよな。

「陛下は優秀なアルケミストである君に期待しているんだよ」

ああ、やっぱりそういうことか。

俺が開発に便利な魔法具を作ることを期待しているのか。

それが使い物になるなら他の領地の開発にも使えるので二度お得というわけだ。

「春まで余り時間は無い。今のうちに出来ることは全てしておいたほうが良《い》いだろう。我々でよければ相談に乗るぞ」

「お心遣いありがとうございます」

だが俺にはそんなことよりも優先しなければならない大問題があった。

ズバリそれは……

師匠に何と報告するかだ‼

◆

『ほう、領主とは出世したね』

意外にも、クアドリカ師匠の反応はあっさりしたものだった。

『ですけど領主になるとそちらに戻ることが困難になってしまいます』

『ああ、それに関してはこちらに考えがあるから気にしなくて良いよ』

『考え……ですか？』

『ディアーナの事もあるからね。それに君が居なくなってヴィクトリカが寂しがっていてね』

『そ、そんなことはありません‼』

後ろでヴィクトリカ姉さんの声がする。久しぶりに声を聞いた気がするなぁ。

『分かった分かった、こちらとしても君に講義する時間を作れないかとコルと話をしていてね。ああ、パルは逃亡中だ。キャッスルトータスの件とミヤ君に追加で調査してもらった件についてはしっかりと話を聞かせてもらうつもりだから、安心して任せてくれたまえ』

パルディノ師匠は一度痛い目を見たほうが良い。

『冬の間は王都で過ごしアルマの経過観察が終わったら領主として赴任する予定です』

『分かったよ、君はそのまま元獣の治療に専念すると良い。それとミヤ君に君に渡す荷物を頼んでおいたから受け取ってくれたまえ』

『渡す物ですか？』

『ああ、私達が居ない時の為の教育資料一式だ』

なるほど、それは重要な品だ。


今回の件をクアドリカ師匠に報告した俺はミヤ用の通信機でミヤに連絡を取った。

以前の通信機は、ミヤからこっちに通信をする事は出来るがこっちからミヤに通信したくても出来なかった。

通信機を作ったのはパルディノ師匠とコル師匠なので俺では中身をいじれないのだ。

だからこっそり内緒の話をするときは至近距離で通信機を起動させミヤに気付いてもらってからチャンネルを合わせてもらっていた。

さすがにそれだと面倒なのでミヤに命じて研究所で専用の通信機を作らせたのだ。

『ミヤ聞こえる？』

『はい、何か御用ですかご主人様？』

最近のミヤの使用人設定は、他の人間が居ない時にも生きているようだ。すっかり俺の呼び方がご主人様で定着している。

数千年の間仕えるべき主《あるじ》不在で過ごした影響だろうか？　そう考えるとこれも甘えていると考えられるのかもしれない。

『クアドリカ師匠から荷物があると聞いたんだけど』

『はい承っております、すぐにお持ちいたしましょうか？』

『いや、慌てなくても次にこっちに来る時で良いよ』

『かしこまりました』


荷物の他に薬の調合などを数点頼んでミヤとの通信を切った俺は王城の庭園に向かう。

庭園に着いた俺はこっちに向かってくる城の模型に気付いた。

いや、それは城のような形の甲羅を持ったキャッスルトータスの子供だった。

俺が保護したキャッスルトータスの子供は、王城にある庭園の池で飼われている。

池と言っても王城の庭園だ、結構な広さがあるので馬鹿デカい亀が住んでも何の問題もない。

キャッスルトータスの子供は俺が来ると嬉《うれ》しそうに唸《うな》り声をあげながら頭をこすり付けてくる。

「よーしよし、ちょっと甲羅を見せてくれるか？」

まだ治療が始まったばかりなのでその甲羅にはひびが入って食い込んだ形になっている。

治療の方針としては柔軟薬をひびのあたりに塗りこんでから水と土の属性石を砕いて粘土状にし

たものを塗りこんでいく。

工作用のパテで埋める感じだな。なにしろ元獣を治療した経験なんて誰にも無いので試行錯誤の連続だ。

幸い元獣は元素を栄養素にする特殊な魔物。それで元素の結晶である属性石を傷口に塗り込めば自力で治るのではないかと言う推論が立った。

立てたのはクアドリカ師匠だが。

後はランドドラゴンの鱗《うろこ》を餌に栄養を与えていく。

「ドラゴンの鱗が食事とは豪勢ですな」

突然の声に俺が振り向くと見覚えのある顔があった。

確かワイズとか言ったっけ。アルマを治療しにやって来た俺を追い返そうとした貴族だ。

「何か御用ですか？」

コイツには余り良い印象が無いんだよなぁ。

「そう警戒しないでいただきたい、あの時は君の実力を知らなかったのです。私も王家に仕える者として、不審な者を王族に近づける訳にはいかなかったのです、どうかご理解頂きたい」

ふむ、そう言われると理解できなくもない。見た目一三歳程度の子供に、国の専門家達が匙《さじ》を投げた病気を治せるといわれても信用できないだろう。

そういう意味ではワイズの言葉もそう理不尽なものではない。ずいぶん横柄な態度ではあったが。

「それにしてもアルマ様のご病気を治す薬だけでなく元獣の子供まで用意されるとはなかなかの手腕ですな。貴方《あなた》の後ろにおられる方も相当な知恵者のようだ」

んん？　何言ってんだこいつ。

俺の訝《いぶか》しげな表情にワイズは慌ててかぶりを振る。

「いやいや、責めている訳ではありません。事実アルマ様のご病気を治された事は称賛されるべき技量でしょう。ご自分が出て来られない事も理解できない訳ではありません」

そう言うとワイズはいやらしい笑いを浮かべる。

なるほど、コイツは俺の後ろに誰か黒幕が居て俺を傀儡《かいらい》にして王国で地位を得ようとしていると考えた訳か。

で、その地位を確実な物にする為の最後の一押しに元獣の子供を用意したと考えたのか。

だったら子供じゃなくて大人を用意するとは思わないのだろうか？　裏切られるのを恐れたと考えたのかな？

それに、めったに現れない元獣の、それも子供を用意するとか無理があると思うのだが、それでも本人には納得のいく理由なんだろうな。

「ギュッ‼」

ふと気付くとそばに居たキャッスルトータスがワイズに対して唸り声を上げている。

口元から漂う冷気はブレスの前兆だ。

もしや俺の感情を読んでワイズを敵だと判断したのか？

「ううっ⁉」

「このキャッスルトータス、どうやら貴方と相性が悪いようですね」

「は、はは、それは残念だ。これ以上元獣に嫌われないうちに私は帰るとしましょうか」

そう言ってワイズは慌てて帰っていった。子供とはいえ元獣の存在は恐ろしいようだ。

「ありがとうな」

面倒な奴を追い払ってくれた事に礼を言って頭を撫《な》でると嬉しそうに頭を擦り付けてくる。

「しかしいつまでもキャッスルトータスって呼ぶのも味気ないな。何か名前でも付けるか」

キャッスルトータスは俺の言葉に対し、何々？　って感じでこっちを見てくる。

「お前の名前……ドゥーロって言うのはどうだ？」

イタリア語で硬いって意味だ。

俺の言葉にキャッスルトータスは目を細めながら小さく鳴いてまた頭を擦り付けて来る。気に入ってくれたのかな？　っていうかこっちの言っている事を理解出来ているのだろうか？

「コレからよろしくなドゥーロ」

「ギュッ！」


ドゥーロの様子を見た後はアルマの経過観察に向かい、午後は錬金術の勉強と貴族のマナー教室。それがここ最近の一日の流れとなっている。

アルマの部屋の前でドアをノックすると、たいした間もあけずラヴィリアが顔を見せる。

「これはクラフタ様、ようこそおいでくださいました。アルマ様がお待ちですよ」

「失礼します」

「御機嫌ようクラフタ様」

「御機嫌ようアルマ、具合はどう？」

「はい、今日もとても素晴らしい気分です」

だが長年魔力欠乏症で苦しんできたので、ちょっとくらい調子が悪くても気にしないのがアルマの困った所だったりする。

「昨日と比べてどう？」

「はい、特に不都合は感じません」

ふむ、寒さと病気との間に相関関係は無いと。

次はステータスをチェックして変化が無いか確認する。

定期的にステータスの変動を記録する事は今後、別の患者の治療を行う上でも重要だ。

魔力欠乏症患者は少ないとはいえ居る所には居るのだ。実際、俺がアルマの治療を行っている話が貴族や市民の間に広がって遠方から治療を求める人達の家族が来た事もある。

そういった人達には新たに設立された専門の施療院が対応している。

実際には俺がエウラチカで発見した発作を抑える薬を売る為の薬局なのだが。

というのも、アルマに行った治療法は俺のスキル『ドレイン』があってなんぼだからだ。

陛下やバクスターさん達医師には、特別な秘奥と素材を使わなくてもできる治療の研究の為と言う事で説得してある。

幸い医師の皆さんは俺の持ってきた薬に夢中でその話に大賛成してくれた。

この薬の資料だけでも数百年分は研究が進歩したとバクスターさんも大喜びだ。

こうして現代の素材事情の中で手に入りやすい材料で作った薬の売り上げは、二割が俺に、残りは国のものとなった。

薬は遠方の人間に使う事も考え長持ちするように丸薬にしてある。

アルマに処方した薬は効果は高いが日持ちしない飲み薬という欠点があるのだ。

ちなみに、魔力回復の為のマジックポーションの製法は秘伝と言う事にしてある。

実際は只《ただ》の薄めたマジックポーションなのだが、効果のある理由がわからない薬師は何か特別な工夫がされていると勝手に勘違いしてくれるので、真似される心配が無いというのがバクスターさんの言葉だ。

薬の信憑性《しんぴょうせい》を高める為には、あえて真実を言わないことも重要なのだそうだ。

「クラフタ様は春になったらターゼの地にお移りになられるのですよね」

「その予定だよ、それがどうかした？」

「その、私は生まれつき魔力欠乏症でしたから、その、友達という存在が居なくて……」

ああ、俺達が居なくなるとまた一人になると思ったのか。

立場上、教会の子供達にも気楽に会う事は出来んしなぁ。

なるほど、教会の子供達に対してあれほど親身になっていたのもそれが原因か。

初めて出来た俺以外の友達。そんな彼らの一人がかつての自分と同じ様に病気で苦しんでいるのを見ればそりゃあ親身にもなるというもの。

「すぐ出て行くわけじゃないし会おうと思えばいつでも会えるよ」

「そうでしょうか？」

「大丈夫ですよアルマ様、クラフタ様はアルマ様の婚約者なのですからターゼの地の開発が一段落したらすぐに一緒に暮らせます」

「ラヴィリアがそう言うのなら」

どうやらアルマの機嫌も直ったようだ。って言うかホントに結婚すんの俺？

◆

キャッスルトータスを連れてきた事で、俺は一躍有名になった。

王女であるアルマを救った件でそこそこ名は売れていたが、アルマは生まれてからずっと城の中で過ごし、公務にも出てこなかったので、国民の興味も薄かったのだ。

言うなればテレビでよその国の王族のニュースが流れた程度のノリだろうか。

代わりに医療関係者からは相当注目されていたみたいだが。

だが元獣は違う。

あれは言ってみれば客寄せパンダだ。外国から珍しい動物を輸入してくれれば大ニュースになり動物園は連日大盛り上がりである。

国民の反応は正にそれだった。

キャッスルトータスが城下町を練り歩いた話で朝から晩まで大盛り上がりで、周辺の町や村からも元獣が見られるかもしれないと人が詰め掛けて来たくらいだ。

お陰で暫《しばら》くの間はうっかり外を歩く事もできない状態になってしまった。

だがそれも当の元獣が見られればこその話。

王城で治療を行い、関係者以外見る事ができないとあれば自然と話題は尽きていく。

そんなこんなで元獣騒ぎが沈静化して俺の話題も下火になってきた事で、ようやく自由に行動できるようになった。

そうして動けるようになった俺が向かったのは、城下町のとある雑貨屋だった。

「こんにちは」

「おや男爵様、お久しぶりです。もう出歩いてもいいんですか？」

雑貨屋の店主、レドラは太った体を揺らしながら笑っている。

「ようやく落ち着いて来たんでね。それに、そろそろ薬の補充が必要かと思ってさ」

「おお、それはありがたい。男爵様の作ってくださる薬は効きが良《い》いと評判ですからね」

「それは光栄」

「いえいえ、お陰でウチも儲《もう》けさせて貰ってますよ。あの男爵様が作った薬を販売しているってね」

笑いが止まりませんと言いながら欲に濁った目で笑うレドラ。金はかくも人を濁らせるのか。

「それでですね男爵様、お耳に入れたいお話が」

真顔に戻ったレドラが俺を手招きする。レドラに俺の薬を専売させている理由の一つがこれだ。レドラは見た目はともかく情報を手に入れるのが早い。表では出回らない情報もレドラを介して手に入れる事ができるのだ。雑貨屋とは仮の姿、レドラの本業は情報屋だった。

「近隣の町で冒険者狩りが起きているみたいなんですよ」

「冒険者狩り？」

マルスの事か。アイツ俺が痛い目に遭わせた上に色々取り上げたから、暫くは悪さも出来ないだろう。だがアイツを捕まえた事を喋《しゃべ》ると、古代魔法文明の事や、空中要塞《ようさい》の事について知られる危険も出てきてしまう。だからマルスとは正々堂々と決闘に挑み勝利して、その対価として魔法具を奪い返したとして、マルス本人には逃げられたと言う事にした。

「それって少し前に話題に上った魔法具狩りの事だろ?」

「いいえ、違います、魔法具狩りと冒険者狩りは別人です」

あれ? そうだったのか。マルスに襲われたからてっきり同一人物かと。

「そしてどうも冒険者狩りは、男爵様を狙っているみたいですよ」

冒険者狩りも俺を?

「男爵様の事を調べて回る男がいるという情報が入りましてね」

「それって体中に剣を差した男?」

だがレドラの答えは違った。

「いいえ、私が聞いたのはローブを着た男です」

「え?」

◆

レドラの店を出て城への帰路についていた俺は先ほどの会話を思い返していた。

曰《いわ》く、俺の事を探っていたのはローブの男。マルスとは似ても似つかない容姿だったらしい。

何よりも、その髪の色はマルスの赤ではなく青みの掛かった黒だったそうだ。

そんな俺の嫌な予感を肯定するように、突然現れた影が俺の行く手をさえぎった。

「初めましてマエスタ男爵」

忌々しい記憶を思い出させるその声は、

邪悪に歪《ゆが》む笑顔を思い出させるその相貌《そうぼう》は、

「僕の名前はカイン、カイン＝ブルーバードと申します」

かつて俺を殺した男のモノだった。

あとがき

「『左利きだったから異世界に連れて行かれた』二巻をお買い上げ頂き誠にありがとうございます、作者の十一屋翠《じゅういちやすい》でございます」

『ハムスターの餅太郎《もちたろう》でちゅ（あざとい声）』

「まさかの二巻発売ですが……はっきり言って書き下ろしとＷＥＢ連載版との比重がおかしい！」

『自業自得でちゅ（あざとい声）』

「○○との戦いを三巻に回す為にシナリオ調整を目論《もくろ》むも、無理でした」

『それで書き下ろし地獄になったでちゅか？』

「あとライバルが欲しかった」

『ああ、本編だとライバルらしいライバルが居ないでちゅからね』

「そうそう、だから単行本限定キャラを用意した」

『普通そういうキャラは外伝限定とかじゃないでちゅか？』

「ＷＥＢ本編が常時外伝みたいなもんだから」

『本編に対する冒瀆《ぼうとく》でちゅ』

「さて、そろそろ締めるか」

『ファルまろ様、今回も素敵なイラストを沢山描いてくれてありがとうでちゅ』

「今回からレーベル『カドカワBOOKS』に移る事になったけど左利きは平常運転ですよ！」

『常時ブレーキ全壊の左利きをこれからもよろしくでちゅ!!』

「次は三巻でお会いしましょうー!!　……ところでその語尾はなんだ？」

『萌《も》えキャラになれば本編参加も……』

「ねぇよ」

十一屋　翠

お便りはこちらまで

〒102－8584
カドカワBOOKS編集部　気付
十一屋翠（様）宛
ファルまろ（様）宛

カドカワBOOKS

左利《ひだりき》きだったから異世界《いせかい》に連《つ》れて行《い》かれた　2

平成27年11月15日　初版発行

著者／十一屋翠《じゅういちやすい》

発行者／三坂泰二

発行／株式会社KADOKAWA
http://www.kadokawa.co.jp/

〒102-8177
東京都千代田区富士見2-13-3
電話／03-3238-8521（カスタマーサポート）
　　　03-5216-8538（編集）

印刷所／旭印刷

製本所／本間製本

Printed in Japan
ISBN 978-4-04-070748-8 C0093

新文芸宣言

かつて「知」と「美」は特権階級の所有物でした。

15世紀、グーテンベルクが発明した活版印刷技術は、特権階級から「知」と「美」を解放し、ルネサンスや宗教改革を導きました。市民革命や産業革命も、大衆に「知」と「美」が広まらなければ起こりえませんでした。人間は、本を読むことにより、自由と平等を獲得していったのです。

21世紀、インターネット技術により、第二の「知」と「美」の解放が起こりました。一部の選ばれた才能を持つ者だけが文章や絵、映像を発表できる時代は終わり、誰もがネット上で自己表現を出来る時代がやってきました。

UGC（ユーザージェネレイテッドコンテンツ）の波は、今世界を席巻しています。UGCから生まれた小説は、一般大衆からの批評を取り込みながら内容を充実させて行きます。受け手と送り手の情報の交換によって、UGCは量的な評価を獲得し、爆発的にその数を増やしているのです。

こうしたUGCから生まれた小説群を、私たちは「新文芸」と名付けました。

新文芸は、インターネットによる新しい「知」と「美」の形です。

2015年10月10日
井上伸一郎

公爵令嬢の
嗜《たしな》み
バッドエンドから始まる、
公爵令嬢の逆転劇――!!
澪亜 Reia
Illustration／双葉はづき
四六単行本
カドカワBOOKS
「これって乙女ゲームのエンディングシーン?」前世の記憶が甦ったのは、床に押さえつけられた公爵令嬢（私）が婚約者の王子に婚約破棄をされる場面。設定通りだと、この後は教会に幽閉というバッドエンドで――!?

百の英雄の力を宿したメレア。
彼は英雄か、
それとも——魔王か
百魔の主
葵大和 illust まろ
病で生を終えた青年は、百人の英雄の能力を継ぎ異世界で再び目を覚ます。力ある者は“魔王”と呼ばれ迫害される時代。彼は「弱き」魔王たちを救うため、その狂った世界を正すため、秘めたる英雄の力を解き放つ——
①～③絶賛発売中!!
四六単行本
カドカワBOOKS

1巻
好評発売中
!!!!
ゲームの筋書きをぶった切る！
最強の妖鬼・シュテン、参上！
大好きだったゲームの中ボス“妖鬼”になって転生した大学生。世界に散った珠片を集めに旅立つが、なぜか勇者より先にボスを倒した挙げ句、封印されていた九尾の美女を眷属にしたりと、次々と物語の筋書きを覆し……！？
REVERSE